クラスメイトはあやかしの娘《むすめ》

石沢克宜《いしざわかつよし》@滝音子《あっとたきおんこ》／著
shimano《シマノ》／イラスト

PHP
ジュニアノベル

夏休《なつやす》み —— 006
二学期《にがっき》 —— 040
学校《がっこう》の妖怪《ようかい》 —— 074
リリの正体《しょうたい》 —— 124
東京《とうきょう》へ行《い》く —— 159
授業参観《じゅぎょうさんかん》 —— 210

ぼくには妖怪《ようかい》が見《み》える。

それは、ぼくの友《とも》だちなんだ。


ぼくが妖怪《ようかい》にとりつかれたのは、小学一年生《しょうがくいちねんせい》のときだった。

とりつかれたっていうのは、夢中《むちゅう》になったって意味《いみ》で。

学校《がっこう》の図書室《としょしつ》にあった妖怪図鑑《ようかいずかん》を見《み》て、すごいショックを受《う》けた。

その頃妖怪《ころようかい》のゲームが流行《はや》ってて、それで妖怪図鑑《ようかいずかん》を手《て》にとったんだけど、載《の》っていたのはゲームに出《で》てくるようなかわいいのでは全然《ぜんぜん》なくて、不気味《ぶきみ》な、怖《こわ》い感《かん》じのやつだったから。

でもなぜかその絵《え》にすごく惹《ひ》かれて、それから同《おな》じ作者《さくしゃ》の妖怪《ようかい》の本《ほん》をめっちゃ探《さが》して読《よ》んだ。

昼休《ひるやす》みになると図書室《としょしつ》で同《おな》じ本《ほん》を何度《なんど》も何度《なんど》も読《よ》んだし、親《おや》にも買《か》ってもらった。

ぼくの部屋《へや》にはいま、妖怪《ようかい》の本《ほん》が二十冊《にじっさつ》くらいある。

そのうち、絵《え》を描《か》くようになった。

妖怪《ようかい》の絵《え》。

はじめは本《ほん》の妖怪《ようかい》を真似《まね》して、次《つぎ》は自分《じぶん》の想像《そうぞう》で妖怪《ようかい》を描《か》いた。

オリジナルの妖怪《ようかい》、自分《じぶん》だけの妖怪《ようかい》だ。

らくがき帳《ちょう》はそんな妖怪《ようかい》でいっぱい。

想像上《そうぞうじょう》の妖怪《ようかい》たちは、ぼくの頭《あたま》の中《なか》で自由《じゆう》に動《うご》き回《まわ》る。

最初《さいしょ》は想像《そうぞう》していただけだったはずなのに、そのうち実際《じっさい》に見《み》えるようになった。

妖怪《ようかい》なんていない、本当《ほんとう》は。

あれは想像《そうぞう》のものだ。

でも想像《そうぞう》は、ずっとしてるとそのうち形《かたち》になってきて、そしていつかしゃべりだすんだ。

ぼくは一人《ひとり》のとき、妖怪《ようかい》たちと話《はなし》をしながら、彼《かれ》らの絵《え》をらくがき帳《ちょう》に描《か》いた。

妖怪《ようかい》たちは、ぼくが一人《ひとり》で想像《そうぞう》したとは思《おも》えないくらい不思議《ふしぎ》な姿《すがた》かたちをしていた。話《はなし》が面《おも》白《しろ》くて、話《はなし》も聞《き》いてくれて、悲《かな》しいことがあると心配《しんぱい》してくれて、励《はげ》ましてくれる。

ふしぎな者《もの》たち。自分《じぶん》だけが知《し》っている者《もの》たち。ぼくは、ずっと想像《そうぞう》だと思《おも》ってた。

あの子《こ》に会《あ》うまでは。

夏休《なつやす》み

夏休《なつやす》みに転校《てんこう》するなんて、ぼくは本当《ほんとう》についてない。

転校《てんこう》する子《こ》はクラスでお別《わか》れ会《かい》をやってもらえるのに、夏休《なつやす》みだからやってもらえなかった。

前《まえ》の学校《がっこう》では、夏休《なつやす》みは八月三十一日《はちがつさんじゅういちにち》までだったのに、今度《こんど》の学校《がっこう》は八月二十一日《はちがつにじゅういちにち》まで。

十日《とおか》も！　十日《とおか》も損《そん》をした！

そのぶん冬休《ふゆやす》みが長《なが》いって言《い》われたって、夏休《なつやす》みの十日《とおか》と冬休《ふゆやす》みの十日《とおか》じゃ重《おも》みがちがう。

仲《なか》の良《よ》かった友《とも》だちとも、お別《わか》れだ。転校《てんこう》なんてしたくなかった。

引《ひ》っ越《こ》すなんて嫌《いや》だった。どうして今《いま》引《ひ》っ越《こ》さなきゃいけないの。

知《し》らない町《まち》、知《し》らない学校《がっこう》、知《し》らないクラスメイト。

今《いま》さらそんなの、いらないよ。

ぼくは泣《な》いた。

クラスの友《とも》だちが三人《さんにん》、引《ひ》っ越《こ》しの日《ひ》に見送《みおく》りに来《き》てくれて、そしたら別《わか》れるのがどんどんつらくなって、ぼくは行《い》きたくないって泣《な》いてしまった。

「仕方《しかた》ないだろ、お父《とう》さんの仕事《しごと》なんだから」ってお父《とう》さんは怒《おこ》る。

お母《かあ》さんも最初《さいしょ》は引《ひ》っ越《こ》しを嫌《いや》がって文句《もんく》を言《い》ってたのに、今《いま》はもうあきらめたみたいでぼくの味方《みかた》にはなってくれなかった。

「友《とも》だちと離《はな》ればなれになるぼくの身《み》にもなってよ！」

泣《な》くことくらいしか、抗議《こうぎ》の方法《ほうほう》がなかった。

でも、泣《な》いてもどうにもならない。

子供《こども》は、大人《おとな》の都合《つごう》に振《ふ》り回《まわ》されてばっかりだ。


新《あたら》しい町《まち》は、前《まえ》よりずっと田舎《いなか》だった。

林《はやし》や森《もり》や畑《はたけ》がいっぱいあって、道《みち》は狭《せま》くてくねくねしてる。

今度《こんど》の家《いえ》は一軒家《いっけんや》だった。

近所《きんじょ》には十軒《じっけん》くらい家《いえ》があって、引《ひ》っ越《こ》してきた日《ひ》に一軒《いっけん》ずつお母《かあ》さんと一緒《いっしょ》に挨拶《あいさつ》に回《まわ》った。

どの家《いえ》にも小学生《しょうがくせい》はいなくて、隣《となり》の家《いえ》に中学生《ちゅうがくせい》の女《おんな》の子《こ》がいたくらい。

新《あたら》しい学校《がっこう》で新学期《しんがっき》が始《はじ》まるまで、ぼくは友《とも》だちもつくれないんだ。

二学期《にがっき》の始業式《しぎょうしき》まで一人《ひとり》ぼっちなんだ。

これだから夏休《なつやす》み中《ちゅう》に転校《てんこう》なんてするもんじゃない。

あ、ひとつだけいいことあった。夏休《なつやす》みの宿題《しゅくだい》をやらなくていいってこと。

だって前《まえ》の学校《がっこう》の宿題《しゅくだい》なんか提出《ていしゅつ》しなくていいんだから、やってもしょうがない。

ってよろこんでたんだけど……。

引《ひ》っ越《こ》して三日目《みっかめ》、転校《てんこう》の挨拶《あいさつ》をするのでお母《かあ》さんと小学校《しょうがっこう》に行《い》った。

「別《べつ》に二学期《にがっき》から行《い》くんだからいいじゃんそのときで」

って思《おも》ったけど、お母《かあ》さんは勝手《かって》に決《き》めて、ぼくを引《ひ》っ張《ぱ》っていった。

出迎《でむか》えてくれた女《おんな》の先生《せんせい》はすごいやさしくて、前《まえ》の学校《がっこう》にいた隣《となり》のクラスの先生《せんせい》にちょっと似《に》てた。

この先生《せんせい》のクラスだったらいいなあと思《おも》ったけど、ぼくは何組《なんくみ》になるのかまだ決《き》まってないんだって。

五年生《ごねんせい》は三《さん》クラスある。前《まえ》の学校《がっこう》で一組《いちくみ》だったからまた一組《いちくみ》がいいな、と思《おも》ったからぼくは、

「一組《いちくみ》がいいです」

って言《い》ったけど、先生《せんせい》はやさしく笑《わら》ってるだけで、一組《いちくみ》になれるかは約束《やくそく》してくれなかった。

そのかわりに山《やま》のような教科書《きょうかしょ》と、国語《こくご》と算数《さんすう》のドリルと絵日記帳《えにっきちょう》をくれた。

ドリルと絵日記《えにっき》は二学期《にがっき》の最初《さいしょ》に提出《ていしゅつ》するんだって。

こんなのいらないよ！　せっかく前《まえ》の学校《がっこう》の宿題《しゅくだい》やらなくていいと思《おも》ったのに……。

帰《かえ》り際《ぎわ》の昇降口《しょうこうぐち》で先生《せんせい》とお母《かあ》さんがなんか話《はな》してるので、ぼくは一人先《ひとりさき》に外《そと》へ出《で》た。

日差《ひざ》しは夏《なつ》だけど、風《かぜ》は涼《すず》しい。

日光《にっこう》のガンガン当《あ》たるグラウンドには誰《だれ》もいなくて……いや、一人《ひとり》いた。

グラウンドに一人《ひとり》、女《おんな》の子《こ》が横切《よこぎ》ってるのが見《み》えた。

ここの生徒《せいと》かな？

何年生《なんねんせい》なんだろう……？

見《み》た感《かん》じは高学年《こうがくねん》、背《せ》が高《たか》いから六年生《ろくねんせい》かな……。

なんて見《み》ていたら向《む》こうもこっちに気《き》づいて目《め》が合《あ》った。

別《べつ》にやましいことがあるわけじゃないけど、なんだか目《め》をそらしてしまった。

視線《しせん》をそらした先《さき》の日陰《ひかげ》に残像《ざんぞう》が、彼女《かのじょ》の肩《かた》に乗《の》った髪《かみ》と、透《す》き通《とお》るような真《ま》っ白《しろ》いノースリーブと、風《かぜ》にひらひらなびいてるスカートと、長《なが》い脚《あし》と。

「行《い》くよ」

ってお母《かあ》さんがぼくを追《お》い越《こ》していったので、置《お》いていかれないように大股《おおまた》で歩《ある》き出《だ》す。お母《かあ》さんと一緒《いっしょ》が恥《は》ずかしくて、少《すこ》しだけ距《きょ》離《り》を取《と》りながら女《おんな》の子《こ》の方《ほう》をちら見《み》したら、彼《かの》女《じょ》は笑顔《えがお》で手《て》を振《ふ》ってきた。

えっ、それぼくにだよね？　ぼくに向《む》かって手《て》振《ふ》ってるんだよね？　うしろにあの子《こ》の友《とも》だちの女子《じょし》がいるとかないよね？　ってちょっとオーバーなくらい周囲《しゅうい》を確認《かくにん》してから、控《ひか》えめに手《て》を振《ふ》り返《かえ》した。

ぼくは女《おんな》の子《こ》と笑顔《えがお》を交《か》わして、それから小《こ》走《ばし》りでお母《かあ》さんを追《お》いかけていった。

このとき、ぼくはどうして、どうしてお母《かあ》さんのあとについて学校《がっこう》から出《で》てしまったんだろうって、家《いえ》に着《つ》いてからものすごく後悔《こうかい》した。

彼女《かのじょ》は手《て》を振《ふ》ってくれたんじゃん。

で、ぼくも手《て》を振《ふ》って、二人《ふたり》で笑《わら》いあったじゃん。

友《とも》だちになれたかもしれない絶対《ぜったい》！

ぼくはそのあと何《なん》の用事《ようじ》もなかった！

だったらあのとき「お母《かあ》さん先帰《さきかえ》って」って、女《おんな》の子《こ》のところへ行《い》って、せめて名前《なまえ》と学年《がくねん》とクラスくらい聞《き》いておけばよかったじゃん。もしかしたらそのあと二人《ふたり》で近《ちか》くを歩《ある》いたりして、女《おんな》の子《こ》が町《まち》を案内《あんない》してくれたりしてとか、ありえた！

後悔《こうかい》、激《はげ》しい後悔《こうかい》……！

未練《みれん》をだらだら垂《た》れ流《なが》しながら、ぼくは一旦帰《いったんかえ》った家《いえ》をすぐに飛《と》び出《だ》して学校《がっこう》へ走《はし》った。

走《はし》りながらぼくは考《かんが》えた。

ぼくとお母《かあ》さんが学校《がっこう》を出《で》て、家《いえ》まで十分《じっぷん》くらいかかった。家《いえ》には五分《ごふん》くらいいた。今《いま》から走《はし》って学校《がっこう》行《い》ったら五分《ごふん》……とはいわないけど七《しち》、八分《はっぷん》とか？

問題《もんだい》です。ノゾミくんが学校《がっこう》を出《で》て家《いえ》に帰《かえ》ってまた戻《もど》ってくるまで、合計何分《ごうけいなんぷん》かかったでしょう？

そのあいだ、あの女《おんな》の子《こ》が一人《ひとり》でグラウンドにずっといい続《つづ》ける……わけないか。

いやそんなのわかんないじゃん、三十分《さんじっぷん》くらい、いることだってあるよ。

全速力《ぜんそくりょく》で走《はし》って学校《がっこう》着《つ》いて、半開《はんびら》きの通用門《つうようもん》から中《なか》に入《はい》って、ぼくは息《いき》を切《き》らしてグラウンドに出《で》てあの子《こ》の姿《すがた》を探《さが》した。

そこに、誰《だれ》の姿《すがた》もなかった。

夏《なつ》の日差《ひざ》しと、涼風《りょうふう》に舞《ま》い上《あ》がったグラウンドの砂《すな》がぼくに降《ふ》り注《そそ》ぐだけだった。


朝食《ちょうしょく》は、パンと、目玉焼《めだまや》きと、ポテトサラダ。

サラダはスーパーのパックのやつで、お母《かあ》さんが目玉焼《めだまや》きを焼《や》いた。

パンにマーガリンを塗《ぬ》るのはぼくの仕事《しごと》だ。

いただきますをして、半熟《はんじゅく》の黄身《きみ》に口《くち》をつけてちゅーちゅーしてお母《かあ》さんに怒《おこ》られる。

お父《とう》さんは仕事《しごと》に行《い》く。お母《かあ》さんも今日《きょう》から新《あたら》しい仕事《しごと》に行《い》くらしい。

夏休《なつやす》みのぼくはやることがない。今日《きょう》は何《なに》をして過《す》ごそうかな。

「宿題《しゅくだい》があるでしょ？」

「やってるよ」

嘘《うそ》だけど。

「朝《あさ》の涼《すず》しいうちにやっておきなさい」

この町《まち》は午後《ごご》だって涼《すず》しいじゃん、前《まえ》に比《くら》べたらさ。

「絵日記《えにっき》は？　書《か》いてるの？」

「え……まあ」

絵日記《えにっき》なんて前《まえ》の学校《がっこう》でも夏休《なつやす》みに宿題《しゅくだい》でてたけど、毎日《まいにち》そんなに絵《え》に書《か》くような出来事《できごと》なんてあるわけない。

「ノゾミは絵日記《えにっき》得意《とくい》でしょ」

お母《かあ》さんは適当《てきとう》なことを言《い》う。

「別《べつ》に得意《とくい》じゃないよ」

「いつも絵《え》、描《か》いてるじゃない」

「絵日記《えにっき》の絵《え》とはちがうの」

全然《ぜんぜん》わかってない。

お母《かあ》さんはぼくが描《か》いてる絵《え》になんて興味《きょうみ》ないんだ。

ほんとは絵《え》なんて描《か》いてないで勉強《べんきょう》してほしいと思《おも》ってる。

ぼくが描《か》いてるのは、妖怪《ようかい》の絵《え》だ。

お母《かあ》さんが見《み》たら、顔《かお》をしかめるにちがいない。

国語《こくご》と算数《さんすう》のドリルは手付《てつ》かずのまま、ゲームをやって午前中《ごぜんちゅう》がつぶれた。

この家《いえ》は前《まえ》に住《す》んでたマンションよりも広《ひろ》くて、天井《てんじょう》が高《たか》くて、窓《まど》を全開《ぜんかい》にすると風《かぜ》が通《とお》って、畳《たたみ》の上《うえ》で横《よこ》になると気持《きも》ちがいい。寝転《ねころ》んだまま、絵日記帳《えにっきちょう》を広《ひろ》げた。

昨日《きのう》のページは白紙《はくし》のままだ。

お母《かあ》さんと初《はじ》めて学校《がっこう》に行《い》ったことを書《か》こうとして、色鉛筆《いろえんぴつ》で学校《がっこう》のグラウンドを描《か》いたところで、あの女《おんな》の子《こ》の笑顔《えがお》が浮《う》かんできた。

ぼくは、お母《かあ》さんと自分《じぶん》の姿《すがた》ではなく、あの子《こ》の立《た》ち姿《すがた》を描《か》きはじめていた。

女《おんな》の子《こ》なんて描《か》いたことなかったから、全然《ぜんぜん》うまく描《か》けない。

途中《とちゅう》でぐじゃぐじゃってしてそのページをやぶった。

ぼくが描《か》けるのは妖怪《ようかい》の絵《え》だけなのか。

絵日記帳《えにっきちょう》を閉《と》じて、仰向《あおむ》けに寝転《ねころ》がって、壁《かべ》の時計《とけい》を見《み》る。

もうすぐ一時半《いちじはん》、昨日《きのう》女《おんな》の子《こ》と会《あ》った時間《じかん》だった。

「あ……」

ぱっ、と起《お》き上《あ》がった。

もしかしたら、あの子《こ》は今日《きょう》もグラウンドに来《く》るかも。

ぼくは大急《おおいそ》ぎでリュックに絵日記帳《えにっきちょう》と色鉛筆《いろえんぴつ》とスマホを突《つ》っ込《こ》んで、外《そと》へ飛《と》び出《だ》した。

お母《かあ》さんがごはん代《だい》を千円《せんえん》くれたから、それもポケットに入《い》れた。

小学校《しょうがっこう》のグラウンドには、昨日《きのう》は誰《だれ》もいなかったのに今日《きょう》は生徒《せいと》がいっぱいいて、サッカーをやってる。

先生《せんせい》かコーチかわかんないけど男《おとこ》の人《ひと》が笛《ふえ》吹《ふ》いて、それに合《あ》わせて二人《ふたり》ペアでボールをパスし合《あ》ってる。

あの子《こ》はいなかった。

まあ、当《あ》たり前《まえ》だよね……。

男《おとこ》の人《ひと》がぼくの方《ほう》へ近《ちか》づいてきた。

「君《きみ》、何年生《なんねんせい》？」

「五年《ごねん》です」

「ん？　五年《ごねん》？　何組《なんくみ》？」

「あ、あの……」

転校生《てんこうせい》ってばれたくなくて、ぼくはどう答《こた》えようか考《かんが》えたけど、うまい答《こた》えが出《で》てこない。

笛《ふえ》がやんだので、パスが止《と》まってる。

みんな一斉《いっせい》に「誰《だれ》？」って感《かん》じでぼくを見《み》てる。

「サッカーやってく？」

その言葉《ことば》を聞《き》き終《お》えないうちに、ぼくは全速《ぜんそく》で逃《に》げ出《だ》した。

逃《に》げる必要《ひつよう》なんてまったくなかったけど。

「あ、ちょっと！」

男《おとこ》の人《ひと》の声《こえ》がうしろから聞《き》こえたけど、振《ふ》り向《む》かずに走《はし》る。

門《もん》を出《で》て、学校《がっこう》に沿《そ》った道《みち》を、家《いえ》とは反対方向《はんたいほうこう》に走《はし》った。

家《いえ》の方角《ほうがく》を知《し》られたくない、って思《おも》ったから。

別《べつ》にそんなこと、意味《いみ》なんてないのになんでそんなふうに思《おも》ったんだろう。

ばかみたい、と走《はし》るのをやめた。

舗装《ほそう》された道《みち》を、ガードレールに沿《そ》ってとぼとぼと歩《ある》く。

学校《がっこう》から離《はな》れると、ガードレールの外側《そとがわ》は畑《はたけ》が増《ふ》えていく。反対側《はんたいがわ》にはコンクリートブロックの壁《かべ》が延々《えんえん》と続《つづ》いてて、その上《うえ》に覆《おお》いかぶさるみたいに木《き》が生《は》えている。

道沿《みちぞ》いにいきなり建《た》ってるコンビニで、ぼくはコーラとおにぎりとチョコレートを買《か》った。

コンビニの前《まえ》のベンチでおにぎりを食《た》べて、チョコを口《くち》に放《ほう》り込《こ》んで、コーラで流《なが》し込《こ》む。

胃《い》の中《なか》が炭酸《たんさん》でいっぱいになって、なんだかお腹《なか》が苦《くる》しい。

ふと道《みち》の先《さき》を見《み》ると、コンクリートブロックの壁《かべ》が途切《とぎ》れて木《き》の鳥居《とりい》が立《た》っていた。

前《まえ》の家《いえ》の近《ちか》くにもあんな感《かん》じの鳥居《とりい》があって、奥《おく》に神社《じんじゃ》があって、その裏《うら》の林《はやし》で蝉《せみ》やカブトムシを捕《と》ったっけ。

その神社《じんじゃ》では、妖怪《ようかい》たちとよく遊《あそ》んだ。

そういえばこの一週間《いっしゅうかん》くらい、引《ひ》っ越《こ》しの慌《あわ》ただしさで妖怪《ようかい》のことなんてすっかり忘《わす》れていた。

ひさしぶりに妖怪《ようかい》たちと遊《あそ》んで、絵《え》を描《か》こう。

そう、ぼくには妖怪《ようかい》という友《とも》だちがいる。

彼《かれ》らはぼくが想像《そうぞう》すれば、いつでも現《あらわ》れてくれるのだ。

さすがに絵日記帳《えにっきちょう》に妖怪《ようかい》は描《か》けないので、コンビニでらくがき帳《ちょう》を買《か》って、鳥居《とりい》へと歩《ある》いた。

塗装《とそう》がぼろぼろに剥《は》げた鳥居《とりい》をくぐると石段《いしだん》があって、ぼくは息《いき》を切《き》らして上《のぼ》りきった。

午後《ごご》の太陽《たいよう》の光《ひかり》は生《お》い茂《しげ》った樹々《きぎ》の葉《は》に遮《さえぎ》られて、境内《けいだい》は薄暗《うすぐら》い。

すっごいでっかい木《き》がある。神社《じんじゃ》にはだれもいない。

ぼくは神社《じんじゃ》の建物《たてもの》の角《かど》に座《すわ》って、らくがき帳《ちょう》の白《しろ》い紙《かみ》に絵《え》を描《か》きはじめた。

たまに散歩《さんぽ》のおじいさんとか、走《はし》ってるおばさんとか来《き》て、庇《ひさし》にぶらさがった鈴《すず》をからから鳴《な》らしてぱんぱん手《て》を叩《たた》いていく。

すみっこに座《すわ》って絵《え》を描《か》いてるぼくのことをそんなに気《き》にしないし、たまに覗《のぞ》き込《こ》んでくるおばさんとかいるけど、ぼくの絵《え》を見《み》たら行《い》ってしまう。

ぼくの絵《え》が変《へん》だから、みんな変《へん》な顔《かお》して離《はな》れていく。

神社《じんじゃ》を囲《かこ》む林《はやし》のところどころに妖怪《ようかい》が隠《かく》れてる絵《え》。

木《き》の陰《かげ》に妖怪《ようかい》がいるんだよ、こっち見《み》てるよ、なんてね。

絵《え》を描《か》くのに夢中《むちゅう》で、うしろから誰《だれ》かが近《ちか》づいていたのなんて全《まった》く気《き》づかなかった。

「きみ、妖怪見《ようかいみ》えるの？」

振《ふ》り向《む》くとほっそい木《き》の枝《えだ》みたいなおじいさんが、ぼくの絵《え》を覗《のぞ》き込《こ》んでた。

「あの、見《み》える、ていうか、これは、絵《え》なので……」

「絵《え》はわかってるよ。妖怪《ようかい》が見《み》えてるのかって、聞《き》いてんだよ」

何言《なにい》ってんのこのおじいさん。

顔《かお》はしわしわなのに頭《あたま》はつるっつる、耳《みみ》のあたりにごま塩《しお》みたいな短《みじか》い髪《かみ》の毛《け》がふりかけてあって、その割《わり》に髭《ひげ》はすごい長《なが》い。

「これは想像《そうぞう》ですから……」

「なんだー。きみ妖怪《ようかい》が見《み》えてるのかと思《おも》ったよー」

ぼくにはおじいさんが妖怪《ようかい》に見《み》えるけど。

「妖怪《ようかい》なんて、いないですよね」

「それがね。いるんだよここ、妖怪《ようかい》」

「そうですか」

あんまり関《かか》わらないようにしとこ。

「あっ、信《しん》じてないなっ」

おじいさんは大《おお》げさにのけぞった。

「いえ、そんな、まあ」

「あんまりここに子供来《こどもこ》ないのは、妖怪《ようかい》が出《で》るっていってな。みんな怖《こわ》がって近《ちか》づかないいんだ。大人《おとな》は平気《へいき》だけどね。妖怪《ようかい》なんて見《み》えない

からね」

おじいさんはあらためてぼくの絵《え》を見《み》た。

そうじっと見《み》られるとなんだか恥《は》ずかしくて、でも閉《と》じちゃうのもなんだし、どうしようこの状況《じょうきょう》。

「うまいもんだね」

「そんなことないです」

「俺《おれ》もきみくらいのガキんときには妖怪《ようかい》が見《み》えてたんだけども、そのうち見《み》えなくなってしまったな」

「そうですか」

「そうだよ」

「そうですか……」

「あっ、信《しん》じてないなっ」

またのけぞる。

「いえ、ていうか、でも今《いま》は見《み》えないんですよね」

「今《いま》は見《み》えないよ。新聞《しんぶん》の字《じ》も見《み》えないし。なんだろあの、スマホとか、あんなん字《じ》ちっちゃくて虫眼鏡《むしめがね》で見《み》ないとわからんし。まあ見《み》えたところでそんな使《つか》えないんだけどな」

ぼくの絵《え》の、妖怪《ようかい》の一《ひと》つを指差《ゆびさ》した。

「知《し》ってるよ。この妖怪《ようかい》」

「まじですか」

空《そら》にひらひら舞《ま》う長《なが》い布《ぬの》。

まあ、有名《ゆうめい》だからね一反木綿《いったんもめん》は……。

「背中《せなか》に乗《の》って空飛《そらと》んだことある」

「まじですか……」

「うんまじまじまじ」

嘘《うそ》でしょ。それは嘘《うそ》でしょ。

「昔《むかし》、この境内《けいだい》で、よくかくれんぼをした。その頃《ころ》はこの神社《じんじゃ》ももっと建物《たてもの》があって、隠《かく》れるとこがいっぱいでな。俺《おれ》は隠《かく》れるのがうまくて、でも妖怪《ようかい》たちはもっとうまくて、なかなか見《み》つかんないんだけどさ。あいつらズルいんだよ、姿消《すがたけ》せるんだよ、反則《はんそく》だろそれ」

どこまで本気《ほんき》で聞《き》いたらいいのかわかんないよ……。

「一人《ひとり》、仲《なか》のいい妖怪《ようかい》がいたんだ。同《おな》い年《どし》くらいの子供《こども》の妖怪《ようかい》だった。なんつったっけな、着物《きもの》を着《き》た、ちっちゃい子供《こども》でさ」

「座敷童子《ざしきわらし》かなあ？」

「そう！　座敷童子《ざしきわらし》！　座敷童子《ざしきわらし》のいる家《いえ》は栄《さか》えるって言《い》い伝《つた》えがあってな、だから家《いえ》に来《き》てほしくて何度《なんど》も誘《さそ》ったんだけど、この神社《じんじゃ》から出《で》ないんだよ。俺《おれ》は中学《ちゅうがく》に入《はい》って、しばらくここに来《こ》なくなって、久《ひさ》しぶりに来《き》たときにはもういなかった。ずっと、探《さが》したんだけどね。それっきりだよ」

どこまで本気《ほんき》で言《い》ってるのかわからない。

でもおじいさんは真顔《まがお》で、なつかしそうに樹々《きぎ》を見上《みあ》げる。

とぅりりりりりり……。

スマホが鳴《な》った。思《おも》わずぼくはリュックをさぐったんだけど、鳴《な》ってたのはおじいさんのスマホだった。

「はい。……なんだまだいいじゃないか。……晩飯《ばんめし》？　まだそんな時間《じかん》じゃないだろう……徘徊《はいかい》じゃない散歩《さんぽ》だ！」

おじいさんが話《はな》してる隙《すき》に帰《かえ》っちゃおうかな。

ぼくはらくがき帳《ちょう》をそっと閉《と》じて、色鉛筆《いろえんぴつ》をしまう。

「買《か》い物《もの》？　……ああ、じゃあ買《か》うものＬＩＮＥ《ライン》しといてくれよ。忘《わす》れるから」

なんだよジジイめっちゃスマホ使《つか》いこなしてんじゃん……。

「あ、ちょっと待《ま》って。きみ、もう帰《かえ》るの？」

目《め》ざとく見《み》つかってしまった。

「はい。そろそろ」

「そうか。またここに来《き》なさいよ」

「はい」

「きみなら、妖怪《ようかい》たちとも仲良《なかよ》くなれるよ」

変《へん》なおじいさんだな……。

ぼくはリュックを背負《せお》って、階段《かいだん》を下《お》りる間際《まぎわ》に振《ふ》り返《かえ》ると、おじいさんはいなくなってた。

「え」

たった今《いま》までスマホで話《はな》してなかった？

ぼくは逃《に》げるように階段《かいだん》を駆《か》け下《お》りた。

なんでだろう。怖《こわ》いっていうわけじゃないけど、一刻《いっこく》も早《はや》く神社《じんじゃ》から離《はな》れようと思《おも》った。

あのおじいさん、ほんとは妖怪《ようかい》なんじゃないの？

でも妖怪《ようかい》はスマホ持《も》たないか。

次《つぎ》の日《ひ》の午後《ごご》も、別《べつ》におじいさんに言《い》われたからじゃないけど、らくがき帳《ちょう》と色鉛筆《いろえんぴつ》を持《も》って神社《じんじゃ》へ行《い》った。

近所《きんじょ》を歩《ある》いて、公園《こうえん》とか行《い》ってみたんだけどぼくと同《おな》じくらいの歳《とし》の子《こ》たちがベンチでゲームとかやってて、外《そと》を歩《ある》いただけでじろじろ見《み》られて入《はい》りにくいし、学校《がっこう》にも寄《よ》ったら今日《きょう》は野球《やきゅう》やってて門《もん》からグラウンドを覗《のぞ》いただけで離《はな》れた。

あの子《こ》がいるかも、なんていう期待《きたい》も外《はず》れて。

ぼくは町《まち》にも学校《がっこう》にも受《う》け入《い》れられてない感《かん》じがして、居心地《いごこち》が悪《わる》かった。

自然《しぜん》と足《あし》は昨日《きのう》の神社《じんじゃ》へと向《む》く。

石段《いしだん》を上《のぼ》りきると、そこには不思議《ふしぎ》な光景《こうけい》が。

境内《けいだい》で妖怪《ようかい》たちが、そこらじゅうを駆《か》け回《まわ》っていたように見《み》えたのだ。

えっ、と思《おも》って見《み》ると、その中心《ちゅうしん》に一人《ひとり》の女《おんな》の子《こ》がいた。

グラウンドにいた、あの女《おんな》の子《こ》だった。

ぼくはびっくりして、その場《ば》で立《た》ち尽《つ》くしたまま、ポカーンと彼女《かのじょ》を眺《なが》めていた。

こんなところで再会《さいかい》したのもそうなんだけど、そんなことよりぼくが驚《おどろ》いたのは、女《おんな》の子《こ》が妖《よう》怪《かい》たちと遊《あそ》んでいるように見《み》えたから。

女《おんな》の子《こ》はぼくを見《み》つけると、一瞬《いっしゅん》驚《おどろ》いたような顔《かお》をした。

妖怪《ようかい》たちは、散《ち》り散《ぢ》りになって社《やしろ》の軒下《のきした》や木《き》の陰《かげ》に隠《かく》れた。

彼女《かのじょ》はあのときのように笑顔《えがお》を見《み》せてはくれなくて、眉《まゆ》をひそめてぼくを見《み》てる。

一昨日《おととい》とはちがって髪《かみ》をうしろでひとつにまとめてて、Tシャツにショートパンツっていう身《み》軽《がる》な服装《ふくそう》。

地味《じみ》な色合《いろあ》いの境内《けいだい》の中《なか》に、彼女《かのじょ》のまわりだけ鮮《あざ》やかに色《いろ》がついて見《み》えた。

「学校《がっこう》のグラウンドで……」

言《い》いかけたら、女《おんな》の子《こ》が近《ちか》づいてきた。

まっすぐ、ぼくを見《み》ながら。

そして目《め》の前《まえ》で立《た》ち止《ど》まった。

彼女《かのじょ》の目《め》は大《おお》きくて、瞳《ひとみ》が少《すこ》し赤《あか》っぽい。

ぼくより背《せ》が高《たか》かった。

「……きみ、見《み》えるの？」

女《おんな》の子《こ》が言《い》った。

「……見《み》えるって、何《なに》？」

「妖怪《ようかい》」

「えっ……」

たしかに彼女《かのじょ》は妖怪《ようかい》たちと遊《あそ》んでいたように見《み》えたけど、実際《じっさい》は一人《ひとり》で遊《あそ》んでいて、妖怪《ようかい》たちはぼくのいつもの想像《そうぞう》で、たまたまそんなふうに見《み》えていただけなのでは？

ぼくは隠《かく》れている妖怪《ようかい》たちのほうに目《め》を向《む》ける。

みんな軒下《のきした》や木陰《こかげ》から様子《ようす》をうかがうようにこっちを見《み》てる。

「見《み》えるんだね！」

女《おんな》の子《こ》は、ぱっと笑顔《えがお》になった。

「どうして見《み》えるの？　みんなは見《み》えないのに」

「どうして、そんなこと言《い》うの？」

「あたしが聞《き》いてるの。どうして見《み》えるの？　ねえどうして？」

「わかんないよ、そんなの……」

だって妖怪《ようかい》は、ぼくだけに見《み》えるっていうかぼくの脳《のう》みそが作《つく》り出《だ》したものなわけだから、それが他《ほか》の誰《だれ》か、例《たと》えばこの女《おんな》の子《こ》に見《み》えてるとかありえない。

「ということは、きみも妖怪《ようかい》が見《み》えるってこと？」

直球《ちょっきゅう》で聞《き》いたけど、女《おんな》の子《こ》は「んふふっ」と意味《いみ》ありげに笑《わら》った。

「人間《にんげん》の子供《こども》だよね？」

「ぼく？　当《あ》たり前《まえ》じゃん」

「人間《にんげん》の子供《こども》なのに妖怪《ようかい》が見《み》えるなんてすごいよ。びっくりした。見《み》える人《ひと》にはじめて会《あ》った」

ぼくだけだと思《おも》ってた。妖怪《ようかい》が見《み》えるのは。

ぼくが考《かんが》えた、ぼくだけの世界《せかい》だと思《おも》ってた。

ちがうんだ。妖怪《ようかい》が存在《そんざい》する世界《せかい》があって、ぼくにはそれが見《み》えていたんだ。

そして、他《ほか》にも見《み》える人《ひと》がいるんだ……。

「いままで誰《だれ》にも言《い》えなかったの。よかった、話《はな》せる人《ひと》ができて。うふふふっ」

笑《わら》うと唇《くちびる》の端《はし》に小《ちい》さな八重歯《やえば》がのぞく。

彼女《かのじょ》は振《ふ》り向《む》いて、境内《けいだい》のあちこちに隠《かく》れている妖怪《ようかい》たちに呼《よ》びかけた。

「おいで。怖《こわ》くないよ」

妖怪《ようかい》たちはおずおずと出《で》てきた。

「一緒《いっしょ》に遊《あそ》ぶ？　みんなでかくれんぼしてたの」

「かくれんぼ？　妖怪《ようかい》と？」

「あと一人《ひとり》見《み》つかんないの。一緒《いっしょ》に探《さが》して？」

「いいけど……」

ぼくは言《い》われるまま、妖怪《ようかい》かくれんぼに参加《さんか》することになった。

二人《ふたり》で境内《けいだい》の木《き》の陰《かげ》とか草《くさ》むらとか、寄《よ》ってくる蚊《か》を振《ふ》り払《はら》いながら、

「いない！」

社《やしろ》の軒下《のきした》なんかを探《さが》して、

「いない！」

「いない！」

どんな妖怪《ようかい》なのって聞《き》いたら、

「こびとなの！」

って答《こた》えた。

彼女《かのじょ》は活発《かっぱつ》で、ぼくなんて置《お》いてかれそうなくらいすばしっこくて、高《たか》いところからも平気《へいき》で飛《と》び降《お》りる。

二人《ふたり》で遊《あそ》ぶのは楽《たの》しかった。彼女《かのじょ》に振《ふ》り回《まわ》されるのも楽《たの》しかった。

「ねえ、きみ、名前《なまえ》は？」

急《きゅう》に聞《き》かれた。

「ぼくの名前《なまえ》は和泉《いずみ》ノゾミ」

「ノゾミくん。あたしは森沢《もりさわ》リリ」

「リリちゃん……」

何年《なんねん》？　って聞《き》こうとしたけどやめた。

もし六年《ろくねん》だったら話《はな》しにくくなっちゃいそうだし。

「あっ、また刺《さ》されてる」

リリは白《しろ》い太腿《ふともも》をぼくの目《め》の前《まえ》で持《も》ち上《あ》げて、膝《ひざ》の上《うえ》あたりをガリガリ掻《か》いてる。

「あーここもだ」

今度《こんど》は体《からだ》を捻《ひね》ってふくらはぎのあたりを掻《か》いた。

リリの手足《てあし》は細《ほそ》くて長《なが》くて動《うご》きがきれいで、蚊《か》に刺《さ》されたところを掻《か》いてるだけなのに、ぼくはその姿《すがた》に見《み》とれてしまった。

「どうしたの?」

「別《べつ》に」

「口《くち》あいてる」

「あ、ぼく虫除《むしよ》けスプレー持《も》ってるよ」

見《み》とれてたのを悟《さと》られないように話題《わだい》を直角《ちょっかく》に曲《ま》げた。

「貸《か》して」

ぼくが差《さ》し出《だ》した小《ちい》さな缶《かん》をリリが手《て》にとるとき、指《ゆび》が触《ふ》れた。少《すこ》し汗《あせ》ばんだ、細《ほそ》い指《ゆび》。

「うっは、冷《つめ》たい」

リリは笑《わら》いながら、腕《うで》と脚《あし》に、そして服《ふく》の上《うえ》にもシューシュースプレーしてる。

「背中《せなか》やって」

と、リリはスプレーをぼくに返《かえ》して、背中《せなか》を向《む》けてきた。

「え、服《ふく》に？」

「うん。ぶわーっとやっちゃって」

「う、うん。ぶわーっとやる」

スプレーを構《かま》えると、リリは背《せ》にかかった束《たば》ね髪《がみ》を両手《りょうて》で、うなじが見《み》えるくらいにまで掻《か》き上《あ》げた。

リリの髪《かみ》からいい匂《にお》いが、風《かぜ》にのって通《とお》り過《す》ぎていく。

「いくよ」

水色《みずいろ》のTシャツの上《うえ》に、スプレーを吹《ふ》き付《つ》ける。

リリの匂《にお》いを虫除《むしよ》けのスプレーが掻《か》き消《け》した。

スプレーの霧《きり》がうなじにかかって、

「あはは、冷《つめ》たい」

リリは肩《かた》をすくめる。

首筋《くびすじ》に、細《ほそ》い髪《かみ》の毛《け》が貼《は》り付《つ》いてた。

そのあともこびと妖怪《ようかい》は全然《ぜんぜん》見《み》つからなくて、でも楽《たの》しくて、ひとしきり探《さが》してもやっぱり見《み》つからないんだけど、二人《ふたり》で駆《か》け回《まわ》る神社《じんじゃ》は貸《か》し切《き》りの遊園地《ゆうえんち》だった。

「もうー、降参《こうさん》。おしまい。でてきてー！」

リリは空《そら》に向《む》かって言《い》った。

彼女《かのじょ》の声《こえ》が樹々《きぎ》に吸《す》い込《こ》まれる。

「あっ」

リリが屋根《やね》の上《うえ》を見《み》た。

「ポックル！　そんなとこにいたの？　ずるいよー。屋根《やね》とかありー？」

リリが悔《くや》しそうに言《い》った。

ポックル？

「……お前《まえ》ら探《さが》すとこワンパターンなんだよ。そんな下《した》ばっかり見《み》てよー」

上《うえ》から声《こえ》がした。

見上《みあ》げると、神社《じんじゃ》の屋根《やね》の端《はし》にちっちゃい子供《こども》が座《すわ》ってる。足《あし》をぶらぶらさせて。

子供《こども》っていうか、小人《こびと》。

「ポックルはね、ちょっと口《くち》が悪《わる》くてね、ほんとはいいやつだから」

リリが耳元《みみもと》で囁《ささや》いた。

「さっきからいるけどなにそいつ」

ポックルがぼくのことを見下《みお》ろして言《い》った。

「この子《こ》も、みんなのことが見《み》えるんだよ！」

「あー、あるある。リリの気《き》を引《ひ》こうとして俺《おれ》たちが見《み》えるとか言《い》って実際《じっさい》は見《み》えてないパターンな」

ポックルはぽーんとジャンプすると一回転《いっかいてん》してぼくの前《まえ》にすとん！　と降《お》りた。

なんて身軽《みがる》なやつ……。

「だって見《み》えるんだもんしょうがないじゃん」

小声《こごえ》で言《い》い返《かえ》してみた。

「なにっ、お前《まえ》っ、俺《おれ》の声《こえ》が聞《き》こえるのか！」

「だからさっきから言《い》ってるでしょ……」

「リリ！　こいつ、俺《おれ》のことが見《み》えてっぞ！」

ポックルはとってもちっちゃい。

幼稚園《ようちえん》の子供《こども》くらいの背丈《せたけ》だけど、でも頭《あたま》がでかくて三頭身《さんとうしん》くらいでバランスが変《へん》。

でっかい目《め》をギョロギョロさせてぼくのことを下《した》から見上《みあ》げてくる。

「こいつ人間《にんげん》の子供《こども》？」

「あたしの友《とも》だちなの」

「おいお前《まえ》、名前《なまえ》は？」

ポックルが額《ひたい》をこすりながら言《い》った。

「和泉《いずみ》です」

「名字《みょうじ》じゃねえよ下《した》の名前《なまえ》だよ」

「ノゾミです」

「よしノゾミ。俺《おれ》とお前《まえ》はもう友《とも》だちだ。ノゾミって呼《よ》ぶぜ。俺《おれ》のことはポックルって呼《よ》んでいいからな。リリのことならなんでも聞《き》いてくれよ」

「え？　なんでも？」

「そりゃお前《まえ》、あいつがガキの頃《ころ》から知《し》ってるからよ。一緒《いっしょ》にお風呂《ふろ》入《はい》った仲《なか》だからよ」

「えっ……」

「ポックル！」

リリがポックルのデコを中指《なかゆび》でピン！　と弾《はじ》いた。

「いってえ、なにすんだよ」

ポックルが額《ひたい》をこすりながら言《い》った。


ぼくたちはそれから夕方《ゆうがた》まで境内《けいだい》で遊《あそ》んだ。

ときどき神社《じんじゃ》にやって来る大人《おとな》たちには、小学生《しょうがくせい》が二人《ふたり》ではしゃいでるように見《み》えたと思《おも》う。

でもぼくたちには一緒《いっしょ》に遊《あそ》ぶ妖怪《ようかい》たちの姿《すがた》が見《み》えていて、彼《かれ》らとケードロをしていたのだ。

日《ひ》が陰《かげ》って、蚊《か》も増《ふ》えて、そろそろ帰《かえ》らなきゃって時間《じかん》。

「楽《たの》しかった。また遊《あそ》ぼうね」

リリは手《て》で汗《あせ》を拭《ぬぐ》いながら笑顔《えがお》で言《い》った。

「またって、いつ？」

「いつだろう。いつか。また」

「LINE《ライン》交換《こうかん》する？」

「あたしスマホ持《も》ってないの」

「じゃどうしよ……」

「またここに来《く》れば会《あ》えるよ」

「会《あ》えるかな……？」

「うん。会《あ》えるよ」

「じゃ、明日《あした》も来《く》る。明日《あした》また遊《あそ》ぼう」

リリはそれには答《こた》えずに、

「じゃあまたね！」

って手《て》を振《ふ》って、妖怪《ようかい》たちと一緒《いっしょ》に林《はやし》のほうに走《はし》っていった。

え、帰《かえ》りそっち行《い》くの？　林《はやし》の奥《おく》の方《ほう》へは細《ほそ》い道《みち》が、山《やま》の上《うえ》まで続《つづ》いてる。この上《うえ》に家《いえ》があるのかな？

気《き》になったけど、そんなことよりぼくはリリと友《とも》だちになれたことがうれしくて、残《のこ》りの夏休《なつやす》みへの期待《きたい》で胸《むね》がいっぱいになった。

その日《ひ》の絵日記《えにっき》にはリリをがんばって描《か》いてみた。全然《ぜんぜん》似《に》てなかったけど。妖怪《ようかい》たちと、屋根《やね》の上《うえ》にポックルも描《か》いちゃったけど、まあいいか。

次《つぎ》の日《ひ》。

なんだか落《お》ち着《つ》かなくて、朝《あさ》ごはんを食《た》べてから時間《じかん》を持《も》て余《あま》したのもあって、昨日《きのう》よりかなり早《はや》い時間《じかん》に神社《じんじゃ》へ行《い》った。

リリは来《き》てなくて、ぼくはらくがき帳《ちょう》に絵《え》を描《か》いて待《ま》つことにした。

早《はや》く来《こ》ないかな、ってそんなことばかり考《かんが》えて、絵《え》が全然《ぜんぜん》進《すす》まない。

色鉛筆《いろえんぴつ》は白《しろ》い紙《かみ》の上《うえ》でいつまでも迷子《まいご》になってた。

昨日《きのう》リリが帰《かえ》っていった小道《こみち》のほうが気《き》になって、ちらちらと目《め》が行《い》ってしまう。

あきらめてらくがき帳《ちょう》を閉《と》じようとしたとき、うしろから声《こえ》をかけられた。

「あれ、今日《きょう》は描《か》かんのか」

おじいさんだった。

「あ、こんにちは……」

「なんだそのしょぼくれた顔《かお》は」

ぼくがよほど浮《う》かない顔《かお》をしていたのだろう。

「別《べつ》に……」

「きみは一人《ひとり》で絵《え》を描《か》いてるけどさ、友《とも》だちいないの？」

おじいさんは遠慮《えんりょ》なしだ。

「いるよ友《とも》だちは。いるけど、ぼくは絵《え》を描《か》きたいからここに来《く》るの。だって絵《え》は一人《ひとり》で描《か》くものでしょ」

ぼくはいつのまにかおじいさんにタメ口《ぐち》きいてる。

「じゃあ俺《おれ》が友《とも》だちになってやろうか」

「別《べつ》に」

「LINE《ライン》交換《こうかん》しようぜ」

なんでそんな前《まえ》のめりなのおじいさん……。

ぼくは山《やま》の方《ほう》へと続《つづ》く小道《こみち》を指差《ゆびさ》した。

「あの道《みち》ずっと行《い》ったら、なにがあるの？」

「あの道《みち》の先《さき》か？　別《べつ》になにもないよ」

「なにもないのに道《みち》があるなんて変《へん》だよ。おじいさん、行《い》ったことないの？」

「昔《むかし》、あの奥《おく》には祠《はこら》があってな。でもあんまりにもボロボロになったってんで、取《と》り壊《こわ》したんだ。中《なか》に祀《まつ》ってたご本尊《ほんぞん》はほれ、こっちに入《はい》ってるよ今《いま》」

おじいさんは神社《じんじゃ》の建物《たてもの》を親指《おやゆび》立《た》ててくいっ、と指《さ》した。

「だから行《い》き止《ど》まりなんだよあの道《みち》」

「エッ！　行《い》き止《ど》まり!?」

「え、そんな驚《おどろ》く？」

「だって……あ、わかんない。あー、行《い》き止《ど》まりなんだ……」

リリはあの道《みち》を、どこへ帰《かえ》っていったんだろう……？

そのあとおじいさんは、また電話《でんわ》で呼《よ》び出《だ》されて帰《かえ》っていった。スーパーで買《か》い物《もの》してきてって頼《たの》まれて。

ぼくは夕方《ゆうがた》まで境内《けいだい》にいて、絵《え》を描《か》いては消《け》して、描《か》いては消《け》してを繰《く》り返《かえ》していた。

リリは来《こ》なかった。

その次《つぎ》の日《ひ》も来《こ》なかった。

その次《つぎ》の日《ひ》も。

夏休《なつやす》みが終《お》わるまでに、ぼくは毎日神社《まいにちじんじゃ》に行《い》ったけど、とうとう一度《いちど》もリリには会《あ》えなかった。

ぼくの絵日記《えにっき》は、神社《じんじゃ》ばかりになった。

二《に》学期《がっき》

「えーやだよ、一人《ひとり》で行《い》くの？」

新学期《しんがっき》の最初《さいしょ》の日《ひ》、お母《かあ》さんはぼくに一人《ひとり》で学校《がっこう》に行《い》けって言《い》うんだ。

「お母《かあ》さんお仕事《しごと》だし。もう五年生《ごねんせい》なんだから。学校行《がっこうい》ったら最初《さいしょ》に職員室《しょくいんしつ》行《い》って。担任《たんにん》の先生《せんせい》にちゃんと挨拶《あいさつ》してね。よろしくお願《ねが》いしますって頭下《あたまさ》げて」

お母《かあ》さんはぼくの頭《あたま》を押《お》すようにして下《さ》げさせる。

「わかったよいいよ」

「おはようございまーす」

玄関《げんかん》から女《おんな》の人《ひと》の声《こえ》がする。

隣《となり》の中学生《ちゅうがくせい》のお姉《ねえ》さんだった。

お母《かあ》さんが出《で》ていって、なんだか話《はなし》をしている。

ぼくは部屋《へや》に引《ひ》っ込《こ》んで、ランドセルの中身《なかみ》をしつこく確認《かくにん》した。

転校初日《てんこうしょにち》から忘《わす》れ物《もの》とかほんとないから。

「ノゾミ。早《はや》くしなさい。待《ま》ってるのよ」

部屋《へや》の柱《はしら》の陰《かげ》から玄関《げんかん》を覗《のぞ》くと、制服《せいふく》のお姉《ねえ》さんが立《た》ってる。

「ノゾミくん、学校《がっこう》まで一緒《いっしょ》に行《い》こう」

「えっ」

ぼくはちょっとびっくりして、お母《かあ》さんとお姉《ねえ》さんを交互《こうご》に見《み》た。

「一緒《いっしょ》に行《い》ってくれるから。早《はや》く用意《ようい》して」

聞《き》いてない！　聞《き》いてないよ！

中学生《ちゅうがくせい》のお姉《ねえ》さんと一緒《いっしょ》に学校《がっこう》行《い》くなんて、恥《は》ずかしいようなうれしいような。

ぼくはなにを話《はな》していいのかわからなくて、家《いえ》から学校《がっこう》へ続《つづ》くゆるい下《くだ》り坂《ざか》を、お姉《ねえ》さんの少《すこ》しうしろからついていく。

お姉《ねえ》さんはとんとんと一定《いってい》のリズムで靴《くつ》を鳴《な》らして、そのたびにうしろでまとめた長《なが》い髪《かみ》がふわふわと踊《おど》る。

少《すこ》し背《せ》の高《たか》いお姉《ねえ》さんのうしろ姿《すがた》を見《み》てたら、急《きゅう》に振《ふ》り返《かえ》って、

「ノゾミくんはさ、夏休《なつやす》み中《ちゅう》はどうしてた？　旅行《りょこう》とか行《い》った？」

「あ……全然《ぜんぜん》です。家《いえ》で宿題《しゅくだい》やったり、神社《じんじゃ》で絵《え》を描《か》いたりしてました」

「え、神社《じんじゃ》って、あの山《やま》の上《うえ》の？」

「はい」

「何描《なにか》いてたの？」

「あ、あの、えー、神社《じんじゃ》行《い》って、風景《ふうけい》とか、木《き》とか描《か》いてました」

「ふうん……。あの神社《じんじゃ》って妖怪神社《ようかいじんじゃ》って呼《よ》ばれてるの知《し》ってる？」

「あ……そうなんですか」

「うん。前《まえ》にね、うちの中学《ちゅうがく》の生徒《せいと》がね、神社《じんじゃ》で肝試《きもだめ》しやったんだって。そしたらね、男《おとこ》の子《こ》が一人《ひとり》、いなくなっちゃったの」

「ええ……？」

なにそれまじこわい。

「それでね、大騒《おおさわ》ぎになって、近所《きんじょ》の人《ひと》みんなで探《さが》しに行《い》ったりとか、山《やま》の上《うえ》までね。でも見《み》つかんなくて、警察《けいさつ》に捜索願《そうさくねが》い出《だ》して……」

「うぇー……それで、その」

「男《おとこ》の子《こ》？」

「うん……」

「次《つぎ》の日《ひ》、家《いえ》に帰《かえ》ってきたんだって。自分《じぶん》で」

ぼくはほっとした。その中学生《ちゅうがくせい》が無事《ぶじ》でよかった。

「どこにいたんですか？」

「わかんないの。覚《おぼ》えてなかったんだって」

「ふーん……なんか怖《こわ》い」

「ちょっと怪談《かいだん》っぽいよね」

お姉《ねえ》さんは笑《わら》ってたけど、ぼくは笑《わら》えなかった。口元《くちもと》がこわばってた。

「それでね、神社《じんじゃ》の山《やま》には子供《こども》だけでは行《い》かないようにしましょうって、学校《がっこう》で」

「ぼく毎日《まいにち》行《い》っちゃってました……」

「神社《じんじゃ》行《い》くだけなら問題《もんだい》ないでしょ。それよりあの石段《いしだん》。あっちのほうが危《あぶ》ないよね、すごい段《だん》差高《さたか》いし。ノゾミくんも転《ころ》ばないように気《き》をつけてね」

学校《がっこう》に近《ちか》づくにつれてランドセルを背負《せお》った小学生《しょうがくせい》と、制服《せいふく》にリュックを背負《せお》った中学生《ちゅうがくせい》がどこからか増《ふ》えてきて、川《かわ》の水《みず》みたいに学校《がっこう》へ向《む》かってぞろぞろと流《なが》れていく。

「おはよー」

お姉《ねえ》さんの横《よこ》に制服《せいふく》の中学生《ちゅうがくせい》が、一人《ひとり》、二人《ふたり》と並《なら》んできた。

お姉《ねえ》さんたちの夏休《なつやす》み何《なに》してたかっていう話《はなし》が盛《も》り上《あ》がっているうしろについて歩《ある》く。

「じゃあ、ここでね。がんばってねノゾミくん」

小学校《しょうがっこう》の正門《せいもん》に着《つ》いてしまった。

お姉《ねえ》さんは手《て》を振《ふ》って、隣《となり》の中学校《ちゅうがっこう》へと歩《ある》いていった。

一人《ひとり》になって、急《きゅう》に心細《こころぼそ》くなって、帰《かえ》りたくなる。

このまま引《ひ》き返《かえ》してしまおうか。

正門前《せいもんまえ》で立《た》ち尽《つ》くしているぼくを置《お》いて、ランドセルが次々《つぎつぎ》に学校《がっこう》へ吸《す》い込《こ》まれていく。

ぼくは川《かわ》の流《なが》れの中《なか》にぽつんとある石《いし》みたいだった。

気《き》づけば通《とお》り過《す》ぎる生徒《せいと》の中《なか》に、リリの姿《すがた》を探《さが》していた。

本当《ほんとう》は今日《きょう》を待《ま》ちわびていた。

リリもこの学校《がっこう》に通《かよ》っているはず。

だから、学校《がっこう》が始《はじ》まればリリに会《あ》える。

その気持《きも》ちを思《おも》い出《だ》して、「よーし!」と心《こころ》の中《なか》で勢《いきお》いをつけて、ぼくは一歩《いっぽ》を踏《ふ》み出《だ》した。

職員室《しょくいんしつ》に恐《おそ》る恐《おそ》る入《はい》っていくと、ランドセルを背負《せお》った生徒《せいと》と親《おや》と、何人《なんにん》も集《あつ》まってて、ごそっとひとまとまりになってた。

「転校生《てんこうせい》のみなさんはこちらへ」

先生《せんせい》が手《て》を上《あ》げて呼《よ》びに来《き》た。

え、これみんな転校生《てんこうせい》?

学年《がくねん》ばらばらで転校生《てんこうせい》が十人《じゅうにん》以上《いじょう》、みんなお父《とう》さんやお母《かあ》さんと一緒《いっしょ》に来《き》てて結構《けっこう》な人数《にんずう》だった。

親《おや》たちが話《はな》してるのを聞《き》いてると、どうやら最近《さいきん》この町《まち》に大《おお》きなマンションが建《た》って、みんなそこの子《こ》みたいだった。

転校生《てんこうせい》がぼく一人《ひとり》じゃなかったのはなんか心強《こころづよ》い。

ぼくたちは隣《となり》の部屋《へや》にぞろぞろと移動《いどう》して、そこで先生《せんせい》が転校生《てんこうせい》ひとりひとりの名前《なまえ》を呼《よ》んで、クラスを伝《つた》えていく。

「和泉《いずみ》ノゾミさん」

ぼくの名前《なまえ》が呼《よ》ばれた。

「はい」

「五年三組《ごねんさんくみ》。水野先生《みずのせんせい》についていって」

水野先生《みずのせんせい》……？

「こっちこっち」

何人《なんにん》かの転校生《てんこうせい》の向《む》こうで、メガネを掛《か》けたおばさんの先生《せんせい》が手招《てまね》きしている。

よかった、あんまり怖《こわ》そうじゃなくて。

行《い》こうとしたとき、先生《せんせい》が読《よ》みあげた名前《なまえ》を聞《き》いて、ぼくの心臓《しんぞう》がドンってなった。

「森沢《もりさわ》リリさん——」

え!?

リリが！　リリがこの中《なか》にいる？

「——五年三組《ごねんさんくみ》。水野先生《みずのせんせい》、お願《ねが》いします」

同《おな》じクラスだ！

ぼくはリリの姿《すがた》を探《さが》した。

「和泉《いずみ》さん、こっちですよ！」

水野先生《みずのせんせい》が部屋中《へやじゅう》に響《ひび》くような声《こえ》でピシャリと言《い》った。

ぼくは「はいっ」と返事《へんじ》して先生《せんせい》のもとにすっ飛《と》んでいった。

「どうしたのキョロキョロして落《お》ち着《つ》きのない！」

転校早々叱《てんこうそうそうしか》られてしまった。

てか水野先生怖《みずのせんせいこわ》くない……？

ぼくがうなだれている横《よこ》に、すっ、と生徒《せいと》が立《た》った。

まぎれもない、リリの横顔《よこがお》だった。

リリはぼくに気《き》づいてないかのように、まっすぐ先生《せんせい》の方《ほう》を見《み》ていた。

声《こえ》をかけようとしたとき、

「さ、行《い》きましょう」

水野先生《みずのせんせい》がぼくたち二人《ふたり》についてくるように促《うなが》したので声《こえ》をかけそびれた。

先生《せんせい》は背筋《せすじ》をビシッと伸《の》ばしてスタスタと歩《ある》き、そのあとをリリ、そのうしろからぼくがついていく。

とても喋《しゃべ》れる雰囲気《ふんいき》ではないし、ただ黙《だま》って
リリのあとを追《お》うしかなかった。
階段《かいだん》を上《のぼ》りきった廊下《ろうか》の先《さき》の、五年三組《ごねんさんくみ》って
プレートが掛《か》かった真下《ました》に頭《あたま》が一個《いっこ》、廊下《ろうか》に飛《と》
び出《だ》している。
目《め》が合《あ》うとその頭《あたま》は、
「来《き》たっ！」
言《い》うなりたくさんの頭《あたま》が教室《きょうしつ》からポコポコと
出《で》てきた。
「席《せき》につきなさい！　チャイム鳴《な》ってますよ！」
水野先生《みずのせんせい》の声《こえ》で頭《あたま》は一斉《いっせい》に教室内《きょうしつない》に引《ひ》っ込《こ》む。
先生《せんせい》は、五年三組《ごねんさんくみ》の扉《とびら》を開《ひら》いた。
教室内《きょうしつない》は、机《つくえ》が整列《せいれつ》してその席《せき》の一《ひと》つ一《ひと》つに
生徒《せいと》が座《すわ》っている。
こっちを見《み》ていない生徒《せいと》は一人《ひとり》としていない。

全員《ぜんいん》が注目《ちゅうもく》する中《なか》を、先生《せんせい》、リリ、そのあとからぼくの順《じゅん》で入《はい》っていく。入《はい》るなり教室内《きょうしつない》の、主《おも》に男子《だんし》がざわついたけどそれはリリのせいだ。

リリが自己紹介《じこしょうかい》するとき、その一言一句《いちごんいっく》を聞《き》き逃《のが》すまいと男子《だんし》たちは平均十五《へいきんじゅうご》センチくらい前《まえ》に身《み》を乗《の》り出《だ》していた。

その点《てん》ぼくの自己紹介《じこしょうかい》のときは誰《だれ》も聞《き》いてないっていうか、みんな目線《めせん》はリリの方《ほう》に行《い》ってるし、逆《ぎゃく》にやりやすかった。

ぼくは廊下側《ろうかがわ》の列《れつ》の真《ま》ん中《なか》へん、リリは窓際《まどぎわ》の一番《いちばん》うしろに席《せき》が決《き》まってた。

できれば近《ちか》くがよかったけど、しかたない。

とうとうぼくはリリと会話《かいわ》を交《か》わすことなく、新《あたら》しい学校《がっこう》での二学期《にがっき》が始《はじ》まってしまった。

短《みじか》いホームルームのあと、始業式《しぎょうしき》が体育館《たいいくかん》であった。

それが終《お》わって教室《きょうしつ》に戻《もど》って、二時間目《にじかんめ》の授業《じゅぎょう》が始《はじ》まる前《まえ》にリリに声《こえ》をかけようと待《ま》ち構《かま》えていたんだけど、リリはとっくに女子《じょし》に囲《かこ》まれていた。

どこから来《き》たの？　とか、すごい楽《たの》しそうにしてる。

一方《いっぽう》ぼくはというと、別《べつ》に誰《だれ》か声《こえ》をかけてくるわけでもなく、自分《じぶん》から行《い》けるわけもなく、ただ一人《ひとり》アウェイ感《かん》。

ぼくだけ薄《うす》い透明《とうめい》の膜《まく》みたいのに包《つつ》まれてて、クラスのみんなが騒《さわ》いでるのを見《み》てても遠《とお》いところの出来事《できごと》みたいに感《かん》じる。

二時間目《にじかんめ》が終《お》わって次《つぎ》の休《やす》み時間《じかん》も、三時間目《さんじかんめ》が終《お》わってもぼくはリリに声《こえ》をかけられずにいた。

まさかぼくのことを忘《わす》れちゃったのかな？

あんなに楽《たの》しく遊《あそ》んだのに？

また遊《あそ》ぼうって約束《やくそく》したのに？

ぼくたち二人《ふたり》とも妖怪《ようかい》が見《み》えるっていう、特別《とくべつ》な友《とも》だちだと思《おも》ってたのに。

授業《じゅぎょう》は午前中《ごぜんちゅう》で終《お》わりだった。

給食《きゅうしょく》もなくて、四時間目《よじかんめ》が終《お》わったらすぐに帰《かえ》りの会《かい》だ。

「せんせいさようなら、みなさんさようなら」

最後《さいご》にみんなで言《い》うのは前《まえ》の学校《がっこう》と変《か》わらない。

帰《かえ》りならリリと話《はな》せるんじゃないかって、ぼくは急《いそ》いで帰《かえ》る準備《じゅんび》をした。

リリの席《せき》の方《ほう》をちら見《み》すると、相変《あいか》わらず何人《なんにん》かの女子《じょし》が寄《よ》っていってた。

でも今度《こんど》こそそんな障害《しょうがい》を乗《の》り越《こ》えて、ちゃんと話《はな》しかけようって決意《けつい》する。

席《せき》を立《た》とうとしたら、

「おい転校生《てんこうせい》」

前《まえ》の方《ほう》から声《こえ》がした。

顔《かお》を向《む》けると、男子《だんし》が三人《さんにん》近《ちか》づいてきてた。

リリの方《ほう》は「リリって名前《なまえ》めっちゃかわいいよね」とか言《い》われてキャッキャしてるのに、ぼくは「転校生《てんこうせい》」呼《よ》ばわり。

「おめーどこ住《す》んでんだよ？」

「どこって……」これは住所《じゅうしょ》のことだよね……「大塚《おおつか》だけど……」

「ふーん。まあよろしくたのむわ」

「よろし……」

よろしく、と言《い》いかけて息《いき》が止《と》まった。

いきなりそいつが腹《はら》にパンチしてきて、ぼくは席《せき》でうずくまってしまった。

ゲラゲラ笑《わら》いながら去《さ》っていくそいつらの背中《せなか》を涙目《なみだめ》で見《み》ながら、同《おな》じ転校生《てんこうせい》でこの扱《あつか》いの差《さ》は何《なん》なんだよ……とリリの方《ほう》を見《み》るとなんかもう女子《じょし》たちと帰《かえ》ったあとだった。

「あいつはさ、六年《ろくねん》の兄貴《あにき》がいるからあんま逆《さか》らわないほうがいいよ」

うしろから声《こえ》をかけられた。

その子《こ》はヒカルくんといった。

ヒカルくんの家《いえ》はこの町《まち》が村《むら》だった頃《ころ》からの農家《のうか》で、片道三十分《かたみちさんじっぷん》かかるんだって。

反対方向《はんたいほうこう》だったけど、ぼくは「コンビニに行《い》きたいから」って、途中《とちゅう》まで一緒《いっしょ》に帰《かえ》った。

ほんとは神社《じんじゃ》に行《い》こうとしてた。

でもそれはそれとして、初《はじ》めてできたクラスの友《とも》だちだから、少《すこ》しでも長《なが》く話《はな》したかったのもある。

このあたりに昔《むかし》から住《す》んでる家《いえ》の子《こ》と、最近《さいきん》できたマンションとか団地《だんち》に引《ひ》っ越《こ》してきた子《こ》たちのあいだになんとなく溝《みぞ》がある、ってヒカルくんが教《おし》えてくれた。

さっきの乱暴《らんぼう》なやつは保坂《ほさか》くんっていって、マンションの子《こ》を目《め》の敵《かたき》にしてるらしい。

ぼくが住《す》んでるあたりは昔《むかし》からの一軒家《いっけんや》が多《おお》いので、敵認定《てきにんてい》されなかったみたい。

思《おも》いっきり腹《はら》パン食《く》らったけど。

ヒカルくんとコンビニで別《わか》れて、ぼくは神社《じんじゃ》へ向《む》かった。

リリはぼくより先《さき》に教室《きょうしつ》を出《で》たけど、女子《じょし》たちと寄《よ》り道《みち》したっぽいので、境内《けいだい》でしばらく待《ま》ってた。

でもなかなかリリは来《こ》ない。

先《さき》に帰《かえ》っちゃったのかな……。

ぼくは気《き》ばかり焦《あせ》って、意味《いみ》もなく境内《けいだい》を行《い》ったり来《き》たり、あの日《ひ》リリが帰《かえ》っていった林《はやし》の小《こ》道《みち》の入口《いりぐち》のあたりをうろうろした。

行《い》ってみよう……。

おじいさんは行《い》き止《ど》まりって言《い》ってたけど、たぶん道《みち》があるのを知《し》らないだけなんだ。

林《はやし》に足《あし》を踏《ふ》み入《い》れ、まっすぐに上《うえ》に伸《の》びる樹々《きぎ》のあいだをぼくはずんずんと歩《ある》いていく。

林《はやし》の中《なか》は日光《にっこう》が葉《は》っぱに遮《さえぎ》られて昼《ひる》でも少《すこ》し暗《くら》い。

なんとなく怖《こわ》い感《かん》じがしたけど、この小道《こみち》の先《さき》にリリの家《いえ》があると思《おも》えば進《すす》んでいける。

だからなるべくリリのことを考《かんが》えながら歩《ある》いた。

いきなり行《い》ったらリリどんな顔《かお》するかな？

勝手《かって》に来《き》ちゃって、ずうずうしいやつみたいに思《おも》われちゃうかな？

怒《おこ》るかな？

嫌《きら》われちゃうかな……？

どんどんマイナスの方向《ほうこう》に考《かんが》えが流《なが》れてしまうのは、今日一日《きょういちにち》リリと話《はなし》ができなかったからだ。二人《ふたり》で会《あ》えばリリは笑顔《えがお》を見《み》せてくれるはずなんだ。

何度《なんど》か道《みち》が折《お》れ曲《ま》がって、少《すこ》しずつ上《のぼ》り坂《ざか》になった。でも一本道《いっぽんみち》だから迷《まよ》わないし、平気《へいき》。怖《こわ》くない。

木《き》の上《うえ》ででっかいカラスがガーガー鳴《な》いても、どうってことない。

見下《みお》ろすと木《き》の間《あいだ》に神社《じんじゃ》の屋根《やね》が少《すこ》しだけ覗《のぞ》いてたから、結構高《けっこうたか》くまで登《のぼ》ったと思《おも》う。

ほんとにリリの家《いえ》、こっちにあるのかな……？

道《みち》はまだ続《つづ》いてるけど、最初《さいしょ》のときより細《ほそ》くなってきて、落《お》ち葉《ば》も多《おお》くなってきて歩《ある》きにくい。

だんだん不安《ふあん》になってきた。

もう引《ひ》き返《かえ》そうかな、と思《おも》ったとき、道《みち》の先《さき》の木々《きぎ》の奥《おく》に家《いえ》の屋根《やね》が見《み》えた。

あれだ……！

リリの家《いえ》だ……たぶん。

家《いえ》は木造《もくぞう》の二階建《にかいだ》てだけどすごく古《ふる》くて、正直《しょうじき》ボロくて妖怪《ようかい》でも住《す》んでそうな感《かん》じだった。

これがリリの家《いえ》……なの？

ぼくはそろりそろりと近《ちか》づいていって、あと少《すこ》しっていうところで足《あし》を止《と》める。

なんか立《た》ち入《い》ってはいけないような気《き》がする……。

うまく言《い》えないけど、人《ひと》が来《き》てはいけないところに来《き》てしまったような、まるで妖怪《ようかい》の陣地《じんち》に入《はい》ってしまったような。

立《た》ちすくんでいたら、うしろから声《こえ》がして飛《と》び上《あ》がるほどびっくりした。

「あら、どうしたの？」

振《ふ》り向《む》くと見上《みあ》げるように大《おお》きな体《からだ》のおばさんが、着物《きもの》みたいのを着《き》たおばさんが、おばさん……いやおじさんなのかな？

「迷《まよ》ったの？」

声《こえ》は低《ひく》いからおじさんっぽいんだけど、化粧《けしょう》してるんだよな。どっちだろう……。

「あの、ぼく、リリちゃんと同《おな》じクラスの和泉《いずみ》ノゾミです。ここは、森沢《もりさわ》リリちゃんの家《いえ》ですか？」

「森沢《もりさわ》？」

「あ、ちがうならいいです。すいません、ごめんなさいっ」

急《いそ》いで帰《かえ》ろう、ここはちがう、こんなところにリリが住《す》んでるはずが——。

「ああー！　リリ！　リリね！　はいはいはいはいはい」

え、ほんとにリリのこと知《し》ってます？

「リリのお友《とも》だちなのね。上《あ》がってちょうだい。いまお茶《ちゃ》いれるから」

ぼくは玄関《げんかん》上《あ》がってすぐの畳《たたみ》の部屋《へや》に案内《あんない》された。

小《ちい》さな座卓《ざたく》の傍《そば》で、座布団《ざぶとん》の上《うえ》に正座《せいざ》してお茶《ちゃ》を待《ま》つ。

奥《おく》に台所《だいどころ》があって、おばさんはこっちに背《せ》を向《む》けてやかんに水《みず》を入《い》れている。

外《そと》から見《み》たらボロ家《や》だったけど、中《なか》は案外《あんがい》普通《ふつう》の家《いえ》だった。妖怪《ようかい》が住《す》んでそうとか思《おも》ってごめんなさい。

でもあの人《ひと》、ほんとにリリのこと知《し》ってるのかな。

もしこの家《いえ》にリリが住《す》んでるとして、おばさん誰《だれ》？　リリのお母《かあ》さん？（それか、お父《とう》さん？）

「あっ、あんた、あれね、境内《けいだい》でかくれんぼをしたっていう男《おとこ》の子《こ》ね！」

背《せ》を向《む》けたまま言《い》った。

「たぶん、そうだと思《おも》います。そのときにリリちゃんとお友《とも》だちになりました」

「やっぱりねえ。そうかなって。……普通《ふつう》の人間《にんげん》はここまで来《こ》られないんだもの……」

えっ？　今《いま》なんて？

「あの、それって、どういう……？」

「妖怪《ようかい》の姿《すがた》が見《み》えるものにしか、ここに来《く》る道《みち》は見《み》えないのよ。……ここはねえ、人間《にんげん》の来《く》るところじゃないの。人《ひと》ならざるもの、じゃないと入《はい》ってこられない場所《ばしょ》……」

え、ちょっとまって、ニンゲンの来《く》るところじゃないってどういう意味《いみ》？　ヒトナラザルモノって何《なに》？

おばさんはゆっくりと振《ふ》り向《む》いて、ニヤッと笑《わら》った。

ぼくの背筋《せすじ》が急速冷凍《きゅうそくれいとう》。

怪談《かいだん》じゃん！　これ怪談《かいだん》じゃん！

妖怪《ようかい》には慣《な》れてるつもりだったけど、この状況《じょうきょう》ちょっとやばい臭《にお》いがぎゅんぎゅんしてきた。

おばさんもよく見《み》ると違和感《いわかん》というか、見《み》た目《め》のバランスが明《あき》らかに人間《にんげん》とはちがう感《かん》じする。

例《たと》えば目《め》が少《すこ》し大《おお》きくて、でも離《はな》れていて、太《ふと》った肉《にく》のたるみ具合《ぐあい》も人間《にんげん》よりもっとダラッとしてる感《かん》じがするし、体《からだ》の割《わり》に手《て》が大《おお》きいとか、指《ゆび》の長《なが》さや太《ふと》さのバランスが微妙《びみょう》にちがっていたりとか……。

　このおばさん人間《にんげん》じゃない……!?

「あたし、妖怪《ようかい》なのよ」

　さらっと言《い》った。

　あまりにも普通《ふつう》に言《い》うので、ぼくは驚《おどろ》くのも忘《わす》れて、

「そうなんですか……」

「妖怪《ようかい》に見《み》えないかしら？」

「あ、あいえ、いえ、見《み》ようによっては妖怪《ようかい》に見《み》えなくも……」

　何《なに》を言《い》ってるんだろうぼくは。ていうか状況《じょうきょう》を飲《の》み込《こ》むにつれてだんだん声《こえ》が震《ふる》えてきた。

「あぅ、あの、あ、あのぅ、ぼぼく、やっぱりぼく、帰《かえ》りますっ」

　って立《た》ち上《あ》がろうとするんだけど、ビビッてるせいか膝《ひざ》ががくがくして、足《あし》もしびれてたかもなんだけど、とにかくうまく立《た》てなくて四《よ》つん這《ば》いみたいになってた。

「え、どうして。リリもうすぐ帰《かえ》ってくるわよ」

「いいい、いいえ、いえ大丈夫《だいじょうぶ》です。ま、ま、また明日会《あしたあ》えることを希望《きぼう》しておりますし」

　言葉《ことば》づかいも変《へん》。

「お茶《ちゃ》飲《の》んできなさいよ。せっかくいれたんだから」

おばさんは丸《まる》いトレイに急須《きゅうす》とかカップとか運《はこ》んできて、ちゃぶ台《だい》の上《うえ》に置《お》いた。

「そんな怖《こわ》がんなくても大丈夫《だいじょうぶ》よォ、とって食《く》いやしないわよォ！　あっはっはっ！」

おばさんは豪快《ごうかい》にぼくの肩《かた》をばしっ！　と叩《たた》いた。

その痛《いた》みというかショックというか、それが急激《きゅうげき》にぼくの恐怖心《きょうふしん》をほどいていった気《き》がする。

お茶《ちゃ》を飲《の》んだらだいぶ落《お》ちついた。

「昔《むかし》はこれでも結構有名《けっこうゆうめい》な妖怪《ようかい》だったのよあたし」

おばさんも自分《じぶん》のお茶《ちゃ》をずずっ、とすする。

「あ、あの、えと、普通《ふつう》におばさんに見《み》えるんですけど」

どう返《かえ》していいのかわからなくて、気《き》ばかり焦《あせ》っておばさんなのかおじさんなのか、そこは今《いま》
どうでもよく。

「あら、そこはあんた、お姉《ねえ》さんって言《い》わないとダメよォ。あっはっはっはっ」

「えへへへへ……」

あわせて笑《わら》ってみるけど。

ぼくが聞《き》きたかったのは、リリちゃんのお母《かあ》さん（またはお父《とう》さん）ですか、ということだっ

たんだけど、これ以上聞《いじょうき》かないほうがいい気《き》がして黙《だま》ってた。

「ちかごろは妖怪《ようかい》もすっかり肩身狭《かたみせま》くなっちゃってね。『妖怪《ようかい》ウォッチ』が流行《はや》ってから少《すこ》しは、って思《おも》ったけど、やっぱり現実《げんじつ》は厳《きび》しいのよね……あたしも昔《むかし》はさ、どこに行《い》ってもちやほやされてたんだけど、もうそんな時代《じだい》でもないしねえ。これでも昔《むかし》は座敷童子《ざしきわらし》って呼《よ》ばれてね」

「え、おばさん、座敷童子《ざしきわらし》だったんですか？」

「そうよ、大人気《だいにんき》だったのよ。あたしがいる家《いえ》は栄《さか》えるって言《い》ってね」

「あの、神社《じんじゃ》で会《あ》ったおじいさんが、座敷童子《ざしきわらし》と昔仲良《むかしなかよ》しでよく遊《あそ》んだって……」

「ああー、それ富次《とみじ》だわ」

「トミジー？」

「うん、富次《とみじ》。元気《げんき》にしてた？　もう長《なが》いこと見《み》てないわねえ。いい加減《かげん》ジジイでしょあいつも」

「はい……」

「ま、それ言《い》ったらあたしももうこんなだけどね、時《とき》がたてばいつまでも〝童子《わらし》〟ってわけにもいかないでしょうよ」

「妖怪《ようかい》も歳取《としと》るんですね……」

「そりゃ生《い》きてりゃ妖怪《ようかい》だって歳取《としと》るのよ。あたしに子供《こども》でもいれば座敷童子《ざしきわらし》も跡継《あとつ》いでもらえるんだろうけど、婚期逃《こんきのが》しちゃったわよ。今《いま》は座敷《ざしき》オカマってとこかしらね。あっはっはっはっ」

座敷童子《ざしきわらし》だったおばさんは豪快《ごうかい》に笑《わら》った。

つられてぼくも笑《わら》った。

「あんたはそんなに笑《わら》わなくていいのよ」

突《つ》っ込《こ》まれてしまった。

座敷童子《ざしきわらし》の跡継《あとつ》ぎがいないってことは、おばさんはリリのお母《かあ》さんではない。

おばさんがリリのお母《かあ》さん（お父《とう》さん？）だったら、リリも妖怪《ようかい》ということになってしまう。

「……リリと仲良《なかよ》くしてやってね。あの子《こ》、越《こ》してきたばっかで友《とも》だちいないのよ」

「ぼくも、引《ひ》っ越《こ》してきたばかりです」

「あらそうなの！　よかったわー早速《さっそく》お友《とも》だちができて」

「リリちゃんとは同《おな》じクラスなんです」

「そうだったのねー。クラスメイトってやつね。リリはちゃんと小学生《しょうがくせい》やってた？」

ぼくはリリの教室《きょうしつ》での様子《ようす》をおばさんに話《はな》した。

リリがぼくに気《き》づかなかったことも、ちょっと寂《さび》しかったことも。

「リリ、緊張《きんちょう》してたんじゃない？　気《き》にすることないわよ」

そのとき玄関《げんかん》から「ただいまー」という声《こえ》がした。

「おかえりー」

おばさんはお茶《ちゃ》を飲《の》みながら答《こた》えた。

ぼくもつられて「おかえりー」って。

「誰《だれ》かいるの？」

「ああ、リリのお友《とも》だち……」

おばさんが言《い》うより先《さき》にリリが玄関上《げんかんあ》がって畳《たたみ》の部屋《へや》の前《まえ》でぼくを見《み》て固《かた》まる。

「え……？」

「あ、あの、おじゃましてます」

「ええー？」

「あ、ごめん勝手《かって》に……」

「ええー！　なんでいるのー？」

「歩《ある》いてたら迷《まよ》いこんじゃって……」

「てかよく来《こ》られたねここまで……」

「ぼくも、よくわかんなくて迷《まよ》いそうになったんだけど……」

「あたしこの家恥《いえは》ずかしいんだもん。古《ふる》いしボロいし」

「そんなことないよ。中《なか》は普通《ふつう》だよ。きれいだし、全然《ぜんぜん》いいよ」

「そうよ！　贅沢言《ぜいたくい》うんじゃないの」

おばさんがぴしりと言《い》った。普通《ふつう》にお母《かあ》さんみたい。

リリは冷蔵庫《れいぞうこ》からプリンを二個《にこ》出《だ》してきて、キッチンからスプーンを二本《にほん》つかむと、

「ノゾミくん、二階《にかい》いこ」

「えっ、うん……」

「あたしの部屋《へや》、上《うえ》だから」

リリについて二階《にかい》へ上《あ》がった。

女《おんな》の子《こ》の部屋《へや》なんて入《はい》ったことない。

リリの部屋《へや》は、勉強机《べんきょうづくえ》と本棚《ほんだな》とベッドがあるだけの、シンプルな部屋《へや》だ。

一階《いっかい》は、ぼくの家《いえ》と同《おな》じような古《ふる》い家《いえ》のにおいというか、かび臭《くさ》いような、線香臭《せんこうくさ》いようなにおいがしたけど、リリの部屋《へや》はいい匂《にお》いがする。

「まだなんにもないんだ」

白《しろ》い絨毯《じゅうたん》の上《うえ》にぺたんと座《すわ》った。

ぼくも腰《こし》を下《お》ろして、二人《ふたり》でプリンを食《た》べた。

外《そと》では蝉《せみ》が鳴《な》いてる。

「なんか、勝手《かって》に来《き》ちゃってごめん」

「ううん、別《べつ》に。こっちこそごめん。夏休《なつやす》み、あれから全然神社《ぜんぜんじんじゃ》に行《い》けなかったの」

「いいの、それはいいの。今日勝手《きょうかって》に来《き》ちゃったのは、学校《がっこう》でリリちゃんがぼくに気《き》がつかなかったんじゃないかと思《おも》って、それで……」

「気《き》づいてたよ。当《あ》たり前《まえ》じゃん」

「あ、そうなんだ。よかった」

「でも話《はな》しかけるタイミングがよくわかんなくて。二人《ふたり》とも転校生《てんこうせい》だったから、最初《さいしょ》から仲良《なかよ》くしてたらクラスの子《こ》にいろいろ聞《き》かれちゃうかなって」

「わかる。だって、神社《じんじゃ》で二人《ふたり》で一緒《いっしょ》に妖怪《ようかい》と遊《あそ》んだなんて、言《い》えないもんね」

「あのね、ノゾミくん」

「は、はい……」

「今《いま》からあたしが言《い》うこと、絶対《ぜったい》に誰《だれ》にも言《い》わないで」

「い、言《い》わないよ？」

と言《い》われたらそう答《こた》えるしかない。

それ以前《いぜん》にリリとの間《あいだ》で秘密《ひみつ》を持《も》ったら、何《なに》があったって誰《だれ》にも言《い》わない。

「……あたし、人間《にんげん》じゃないんだ」

「……妖怪《ようかい》、なの？」

「妖怪《ようかい》と人間《にんげん》のあいだに生《う》まれたの」

リリの大《おお》きな目《め》がまっすぐぼくを見《み》ている。

「ハーフってこと？」

「そうとも言《い》うかな？　妖怪《ようかい》の里《さと》では〝あいのこ〟って呼《よ》ばれてるんだけど」

「そうなんだ……リリちゃん、どこどう見《み》ても人間《にんげん》だから、わかんなかったよ」

「お父《とう》さんが妖怪《ようかい》で、お母《かあ》さんは人間《にんげん》。お母《かあ》さんはね、遠《とお》くに住《す》んでるの。ずっと会《あ》えなかったんだけど、あたしはお母《かあ》さんに会《あ》うために、人間《にんげん》の町《まち》に来《き》たんだ」

「お父《とう》さんは？」

「妖怪《ようかい》の里《さと》にいるよ。あたしが人間《にんげん》の町《まち》に来《く》るの大反対《だいはんたい》でさ、大喧嘩《おおげんか》して、妖怪《ようかい》の里《さと》を飛《と》び出《だ》してきたの」

リリの話《はなし》では、妖怪《ようかい》たちは妖怪《ようかい》の里《さと》というところに住《す》んでいて、それはここからさらに山奥《やまおく》の、けっこう遠《とお》いところにあるらしい。

「あたしは人間《にんげん》の世界《せかい》でお母《かあ》さんと暮《く》らさないと、妖怪《ようかい》になっちゃうの。あたし、妖怪《ようかい》の娘《むすめ》じゃなくなりたいんだ」

「別《べつ》に、今《いま》だってリリちゃんは妖怪《ようかい》には見《み》えないし、変《か》わんないよ、普通《ふつう》の女《おんな》の子《こ》と」

「でもずっと妖怪《ようかい》の里《さと》で暮《く》らすなんていや。人間《にんげん》の世界《せかい》に住《す》んで、あたしは人間《にんげん》になる」

「でも、お父《とう》さんに会《あ》えなくならないの？」

「いいの、あんなやつ。絶対許《ぜったいゆる》してあげないんだから」

「心配《しんぱい》してない？」

「あいつがあたしの心配《しんぱい》なんてするはずないもん」

「そんなことないと思《おも》うけどな……」

「絶対言《ぜったいい》っちゃダメだよ？　誰《だれ》にも。ノゾミくんだけだからね」

「うん、絶対言《ぜったいい》わない、言《い》うわけない」

「二人《ふたり》だけの秘密《ひみつ》だからね」

ぼくはリリのとてつもない秘密《ひみつ》を知《し》ってしまった。

それをぼくだけに話《はな》してくれたことが、すごくうれしかった。


その夜《よる》のこと。

部屋《へや》でベッドに寝転《ねころ》がってゲームしてたら、なんだか窓《まど》のあたりがガタガタと鳴《な》っている。

風《かぜ》が強《つよ》いのかな、と思《おも》って気《き》にしないでいるんだけど、ガタガタはおさまらない。

窓《まど》を見《み》てみると、カーテンにぼんやりと影《かげ》が映《うつ》っている。

……妖怪《ようかい》？

声《こえ》には出《だ》さなかったけど、そんな気《き》がした。

ぼくはそろりそろりと音《おと》を立《た》てないようにベッドを抜《ぬ》けて、急《きゅう》にカーテンを引《ひ》いた。

「うわっ」

びっくりしたような声《こえ》を上《あ》げたのは、窓《まど》の外《そと》に貼《は》り付《つ》いていたポックルだった。

「なにやってんの！」

「開《あ》けてくれよ」

「なんで？」

「友《とも》だちだろ？」

「夜中《よなか》だろ？」

「妖怪《ようかい》は基本《きほん》、人里《ひとざと》に下《お》りてきちゃいけないんだけどな。夜《よる》は別《べつ》だよ」

「どうしてここが」

「妖怪《ようかい》ネットワークなめんな」

「なにしに来《き》たんだよ」

「決《き》まってんだろ遊《あそ》びにだよ！」

「なに逆《ぎゃく》ギレしてんだよ」

ぼくは窓越《まどご》しに応戦《おうせん》してたんだけど、声《こえ》が聞《き》こえたらまずいと思《おも》って、しぶしぶ窓《まど》を開《あ》けた。

「鍵《かぎ》かかってんだから開《あ》くわけないじゃん」

「いや、この手《て》の古《ふる》い鍵《かぎ》は窓枠《まどわく》ガタガタ揺《ゆ》らしてるうちに開《あ》けられるんだよ」

「なんでそんなこと詳《くわ》しいの」

「妖怪《ようかい》の生活《せいかつ》の知恵《ちえ》だよ」

ポックルは悪《わる》びれもしない。

「リリのことをお前《まえ》に教《おし》えてやろうと思《おも》ってよ」

「え、なにを？」

「いろいろとよ」

「いろいろって……」

「まあ金《かね》次第《しだい》だな」

「じゃいいです」

「わかったよ。じゃあ初回《しょかい》はサービスな。リリのほくろの場所《ばしょ》を教《おし》えてやるよ特別《とくべつ》に」

「いいよそんなの別《べつ》に。知《し》りたくないよ」

「ただだぜ」

「ただ……」

「知《し》りたいだろ？」

「別《べつ》に……」

ポックルは耳打《みみう》ちしてきた。

他《ほか》にだれもいないのに。

「リリのほくろはな、あそこと、あそこに……」

「なんで知《し》ってるの！」

「そりゃお前《まえ》、一緒《いっしょ》に風呂《ふろ》入《はい》った仲《なか》だからな」

「マジかよー。そんなんありかよー……」

それからポックルと二人《ふたり》で夜更《よふ》かしして、リリのこととか、妖怪《ようかい》のこととかいろいろ聞《き》いた。

金《かね》を取《と》るとか言《い》いながらも、ポックルはいろんなことをただで教《おし》えてくれた。

一番《いちばん》びっくりしたのは、リリのお父《とう》さんは妖怪《ようかい》の里《さと》の長《おさ》で、リリはその一人娘《ひとりむすめ》なんだって。

「まあ世《よ》が世《よ》ならリリはお姫様《ひめさま》ってわけよ」

お姫様《ひめさま》か……。

妖怪《ようかい》の長《おさ》と、人間《にんげん》とのあいだに生《う》まれたお姫《ひめ》さま、だ。

「リリのお父《とう》さんって、どんな人《ひと》？　いや妖怪《ようかい》なの？」

「鬼《おに》だな」

「お、おに？」

「リリが人間《にんげん》の学校《がっこう》に行《い》きたいって言《い》ったら長《おさ》は大反対《だいはんたい》でよ、そりゃもう壮絶《そうぜつ》な親子喧嘩《おやこげんか》があったわけよ。鬼神《きじん》のごとくってのはまさにあれだな。すごかったぜ」

「そんなにすごいの……」

「ほんとマジヤバイ。お互《たが》い一歩《いっぽ》もひかねえ。リリもありゃ相当《そうとう》だぜ。ノゾミもあんなん嫁《よめ》にしたら尻《しり》に敷《し》かれて苦労《くろう》すんぞ」

「別《べつ》にぼくはリリと結婚《けっこん》するわけじゃ……」

一瞬《いっしゅん》ぼくとリリが結婚《けっこん》する未来《みらい》を思《おも》い描《えが》いてしまって、あわててその想像《そうぞう》を振《ふ》り払《はら》った。

「リリもおとなしく妖怪《ようかい》の学校《がっこう》に通《かよ》ってりゃいいものを、とんだとばっちりだぜこっちは」

「あ、妖怪《ようかい》の子《こ》たちも学校《がっこう》あるんだ？」

「そりゃあるだろ」

「あるんだ！　どんなの？　どんな勉強《べんきょう》するの？」

「えー、普通《ふつう》だよ。同《おな》じだよ、人間《にんげん》と。妖怪《ようかい》だって勉強《べんきょう》しないと生《い》きていけないだろ。妖怪《ようかい》がみんな墓場《はかば》で運動会《うんどうかい》とかやって試験《しけん》もなんにもないとか思《おも》ったら大間違《おおまちが》いだぜ」

妖怪《ようかい》の社会《しゃかい》も人間《にんげん》と同《おな》じなんて、大変《たいへん》だなあ……。

「てかよ、リリは、そんな感《かん》じだけど結構繊細《けっこうせんさい》だからさ。よろしく頼《たの》むな」

「うん。ポックル、案外《あんがい》やさしいんだね」

「そういうんじゃねえけどよ。リリは、俺《おれ》たちには大事《だいじ》なお方《かた》だからよ」

「お姫様《ひめさま》だからね……」

そう口《くち》にしてしまうと、なんだかリリが手《て》の届《とど》かないところに行《い》ってしまうような気《き》がする。

「邪魔《じゃま》したな」

ポックルはひょいって窓《まど》から飛《と》び降《お》りて、暗闇《くらやみ》に消《き》えた。
一人《ひとり》になってからも、しばらくリリのことが頭《あたま》から離《はな》れなかった。
……今日《きょう》はいろんなことがあった。ありすぎた。
なかなか眠《ねむ》れなくて、寝付《ねつ》いたのは日付《ひづけ》が変《か》わった頃《ころ》だ。
カエルの鳴《な》き声《ごえ》がすごい。

学校《がっこう》の妖怪《ようかい》

学校《がっこう》でのリリは勉強《べんきょう》もスポーツも飛《と》び抜《ぬ》けてた。

算数《さんすう》の授業《じゅぎょう》では難《むずか》しい問題《もんだい》も簡単《かんたん》に答《こた》えてしまうし、朝《あさ》の漢字《かんじ》テストではいつも満点《まんてん》。テストとかの順位《じゅんい》は、発表《はっぴょう》されるわけじゃないんだけど、たぶんクラストップだと思《おも》う。

体育《たいいく》なんて五十《ごじゅう》メートル八秒《はちびょう》切《き》るときあるし、バスケとか男子《だんし》もかなわないくらい動《うご》き速《はや》くてシュートも何回《なんかい》だって決《き》まる。

ドッジボールやっても男子《だんし》がビビッて逃《に》げ回《まわ》るくらい速《はや》い球《たま》投《な》げるし、逆《ぎゃく》にリリを狙《ねら》ってもかわされるかボール取《と》られて投《な》げ返《かえ》される。

リリの近《ちか》くには人《ひと》が集《あつ》まって、いつのまにかクラスの女子《じょし》の中心《ちゅうしん》になって、学年《がくねん》で、いや学校《がっこう》で一番有名《いちばんゆうめい》な女《おんな》の子《こ》になった。

半分妖怪《はんぶんようかい》とか、妖怪《ようかい》の里《さと》のお姫様《ひめさま》とか、そんなこと関係《かんけい》なくリリはぼくの手《て》の届《とど》かないところにどんどん行《い》ってしまう感《かん》じ。

一方《いっぽう》ぼくは前《まえ》の学校《がっこう》との授業内容《じゅぎょうないよう》のずれに戸惑《とまど》ってばかりだ。

教科書《きょうかしょ》もちがうし、進《すす》み方《かた》っていうか、一学期《いちがっき》に習《なら》ったところが前《まえ》の学校《がっこう》と全然《ぜんぜん》ちがう。

いま算数《さんすう》の授業《じゅぎょう》は分数《ぶんすう》やってるけど、前《まえ》の学校《がっこう》ではもう終《お》わってる。

でも国語《こくご》はぼくの知《し》らない漢字《かんじ》が一学期《いちがっき》で習《なら》っててみんな知《し》ってることになってるとか。

転校《てんこう》ってほんと面倒《めんどう》くさい。


二学期《にがっき》が始《はじ》まって二週間《にしゅうかん》くらいたった頃《ころ》から、クラスでちょっとした噂《うわさ》が広《ひろ》まっていた。

学校《がっこう》に妖怪《ようかい》がいる！　……っていう噂《うわさ》。

黒板《こくばん》の前《まえ》で何人《なんにん》かの女子《じょし》が話《はな》してるのが聞《き》こえてくる。

「昨日《きのう》ね、サキちゃんがスカートめくられたんだって！」

「誰《だれ》に？」

「妖怪《ようかい》だって！」

「うそーなにそのどエロ妖怪《ようかい》！」

噂《うわさ》はそのうちに、

「〝妖怪《ようかい》スカートめくり〟がいる」

とか、

「俺《おれ》のテストが悪《わる》かったのは妖怪《ようかい》のせい」

とか、

「妖怪《ようかい》のせいで朝起《あさお》きられなくて遅刻《ちこく》した」

まで言《い》い出《だ》すやつが出《で》てきて、悪《わる》いことはみんな妖怪《ようかい》のせいにされだした。

妖怪《ようかい》はそんなことしないよって言《い》いたかったけど、黙《だま》ってるしかない。

ぼくは学校《がっこう》で妖怪《ようかい》を見《み》たことなかった。

いたら見《み》えているはずなんだ。

だからそんなのただの噂話《うわさばなし》だよ、と言《い》いたくて、でも言《い》うわけにもいかなくて。

「知《し》ってる？　音楽室《おんがくしつ》から、歌《うた》が聞《き》こえるんだって」

「妖怪《ようかい》の？」

「えーそれってもう妖怪《ようかい》って言《い》うより幽霊《ゆうれい》とかなんじゃないの？」

噂《うわさ》はどんどん広《ひろ》がっていった。

そんなある日《ひ》の休《やす》み時間《じかん》。

ぼくもついに妖怪《ようかい》に遭遇《そうぐう》した。

トイレに行《い》こうとしたら気配《けはい》がして、振《ふ》り向《む》いたらなにかが廊下《ろうか》を曲《ま》がっていくのが見《み》えた。

ぼくは小走《こばし》りで追《お》いかける。

廊下《ろうか》を曲《ま》がると階段《かいだん》があって、上《うえ》に行《い》くと屋上《おくじょう》、下《した》は四年生《よねんせい》の教室《きょうしつ》だった。

どっち行《い》った？　って一瞬迷《いっしゅんまよ》ったけど、上《うえ》を見《み》たとき階段《かいだん》の手《て》すりから頭《あたま》をひっこめたポックルを見《み》た。

ぼくはゆっくり階段《かいだん》を上《のぼ》って、鍵《かぎ》のかかった屋上《おくじょう》の扉《とびら》の前《まえ》にポックルを追《お》い詰《つ》めることに成功《せいこう》した。

「よ、よう、ノゾミ。学校《がっこう》はどうだ？　なれたか？」

「なんでポックルが学校《がっこう》にいるの？　昼間《ひるま》は人間《にんげん》の場所《ばしょ》まで来《こ》ないんじゃなかったの」

「いやあ、俺《おれ》もちょっと勉強《べんきょう》し直《なお》そうと思《おも》ってな、こっそり授業《じゅぎょう》を聞《き》いてたんだよ。いやー分数《ぶんすう》ってなんであんなわかりにくいんだ。りんごを半分《はんぶん》に割《わ》ったら二個《にこ》だろ？　なんでそれが一個《いっこ》なんだよ意味《いみ》わかんねえ」

ポックルは不自然《ふしぜん》なほどに喋《しゃべ》り続《つづ》ける。

「うそくさい」

「ほんとだよ」

「リリは知《し》ってるの？」

「いや、その……」

ポックルは顔《かお》に浮《う》かんだ汗《あせ》を必死《ひっし》に手《て》で拭《ぬぐ》って、

「リリには言《い》わないでほしいんだよ……」

上目遣《うわめづか》い。

「ダメ。リリには言《い》うよ。だって、妖怪《ようかい》はこっちの方《ほう》まで勝手《かって》に下《お》りてきちゃだめなはずでしょ」

「待《ま》ってくれよ、リリは怒《おこ》らせると怖《こわ》いんだよ」

「じゃあ怒《おこ》らせるようなことしなきゃいいじゃないか」

「怒《おこ》らせるともっと怖《こわ》いお方《かた》がいてな……」

「最近学校《さいきんがっこう》で妖怪《ようかい》の噂《うわさ》がすごいあるんだけど、それってぜんぶポックルのせいだったんだねー」

「ちがう。ちがうよ。俺《おれ》はそんなことしないって」

「ほんとに？」

「そりゃちょっとはさ、走《はし》ったときにスカートがめくれるくらいはあるかもしれないけどよ、別《べつ》にわざとじゃないからな」

「わざとじゃなくたってだめだよそんなの！」

「別《べつ》に俺《おれ》だけが……」

言《い》いかけて、あっ、みたいな顔《かお》してる。

「ポックルの他《ほか》にも妖怪《ようかい》が来《き》てるんだね？」

「いやあ……」

「いるんだね」

「いるっていうか……」

そのときポックルの視線《しせん》がふっ、と下《した》に向《む》いた。

ぼくは気《き》づかなかったけど、視線《しせん》の先《さき》を追《お》うと、階段《かいだん》の踊《おど》り場《ば》からタタタッ、と階段《かいだん》をかけ降《お》りていく人影《ひとかげ》が見《み》えた。

「あっ」

と階段《かいだん》の手《て》すりから身《み》を乗《の》り出《だ》して下《した》を覗《のぞ》く。

スカートを翻《ひるがえ》して廊下《ろうか》の角《かど》を曲《ま》がり、その生徒《せいと》は視界《しかい》から消《き》えた。

「話聞《はなしき》かれたかな？」

「どうだかなあ」

「ばれたかな？」

「俺《おれ》のことは見《み》えてないだろうけど、ノゾミが一人《ひとり》でぶつぶつ話《はな》してたのは聞《き》こえたかもしれねえなあ」

「それただのやばいやつじゃんー、どうしよ」

「気《き》にしねえよ誰《だれ》も」

「ぼくは気《き》にするんだよ」

授業《じゅぎょう》が始《はじ》まるチャイムが聞《き》こえる。

「もう、帰《かえ》りなよ。来《き》ちゃダメだよ」

「まあ……そうなあ……」

と歯切《はぎ》れの悪《わる》い返事《へんじ》をするポックルを残《のこ》して、ぼくは階段《かいだん》を降《お》りる。

「リリには内緒《ないしょ》にしといてくれよなっ」

念押《ねんお》ししてきたけどぼくはそれには答《こた》えず、急《いそ》ぎ足《あし》で教室《きょうしつ》に戻《もど》った。

結局《けっきょく》トイレ行《い》けてない。

教室内《きょうしつない》では、あちこちで女《おんな》の子《こ》たちがひそひそと噂話《うわさばなし》をしている。

それがみんなぼくのことを話《はな》しているように見《み》える。

ぼくは席《せき》で首《くび》を縮《ちぢ》めるみたいにして小《ちい》さくなった。

……さっきの誰《だれ》だったんだろ。

ぼくが妖怪《ようかい》と話《はな》していたのを、クラス中《じゅう》のみんなが知《し》ってるんじゃないかなんて、勝手《かって》に妄想《もうそう》してしまう。

そんなわけないんだけど。

リリと目《め》が合《あ》った。

ポックルの言葉《ことば》を思《おも》い出《だ》して、目《め》をそらしてしまう。

リリの大《おお》きな目《め》はなにもかもお見通《みとお》しなんじゃないかって。

だって、ぼくに見《み》えたってことはリリにも見《み》えるはずで、ポックルがいたことなんてとっくに知《し》ってて黙《だま》ってるだけかもしれない。

放課後《ほうかご》。

正直《しょうじき》にポックルと会《あ》った話《はなし》をリリにしなきゃと思《おも》って、急《いそ》いで帰《かえ》る準備《じゅんび》してたとき、

「ノゾミくん」

と、女子《じょし》の声《こえ》が前《まえ》の方《ほう》から。

顔《かお》を上《あ》げると、背《せ》の小《ちい》さな女子《じょし》が顔《かお》を近《ちか》づけてきた。

出席番号一番《しゅっせきばんごういちばん》、愛川皆《あいかわみな》。

ミナちゃんは背《せ》が小《ちい》さくて席《せき》も一番前《いちばんまえ》で、度《ど》強《つよ》めのメガネかけてて、髪《かみ》はうしろで二《ふた》つに縛《しば》ってて、白《しろ》い前歯《まえば》二本《にほん》、ハムスターみたいに目《め》立《だ》ってる。

「わたし、見《み》ちゃったの」

「なにを？」

「ノゾミくん、さっき妖怪《ようかい》とお話《はなし》してたでしよ？」

「はいぃ？」

ポックルと一緒《いっしょ》のところを見《み》たのはこの子《こ》だったのか……。

「ちがうよ、独《ひと》り言《ごと》だよ。ぼくね、独《ひと》り言《ごと》を言《い》う癖《くせ》がありまして」

ミナちゃんは首《くび》を横《よこ》に振《ふ》って、

「いいの、安心《あんしん》して。わかってるから」

「いやそうじゃなくてね……」

「わたしもね、妖怪《ようかい》が見《み》えるんだよ」

思《おも》わず周《まわ》りを見回《みまわ》したけど、誰《だれ》も反応《はんのう》してなかった。

反応《はんのう》してないっていうか、ミナちゃんは「わたし、妖怪《ようかい》が見《み》えるの！」って普段《ふだん》から言《い》ってい て、みんな仕方《しかた》なく話《はなし》を合《あ》わせたり、無視《むし》したり、バカにしたりしてたみたい……ってこれは、あとからヒカルくんに教《おし》えてもらった話《はなし》。

このときヒカルくんはぼくとミナちゃんの話《はなし》をうしろの席《せき》で聞《き》いてて、「また始《はじ》まった」って思《おも》ってたって。

ミナちゃんはちょっと変《か》わり者《もの》で、空気読《くうきよ》まずにぶわーって喋《しゃべ》り続《つづ》けるし、落《お》ち着《つ》きがなくてよく先生《せんせい》に叱《しか》られてた。

彼女《かのじょ》は学校《がっこう》で、「妖怪《ようかい》の娘《むすめ》」って呼《よ》ばれてた。

一部《いちぶ》の生徒《せいと》からは、いじめられていた。

「この町《まち》にはね、妖怪《ようかい》がいっぱいいるの。昔《むかし》から妖怪《ようかい》の言《い》い伝《つた》えがあちこちにあってね、図書館《としょかん》にも妖怪《ようかい》の古《ふる》い本《ほん》がいっぱいあって、わたし毎日休《まいにちやす》み時間《じかん》に読《よ》みに行《い》ってるの、それでね……」

学校《がっこう》からの帰《かえ》り道《みち》も、ミナちゃんはぼくにまとわりついて妖怪《ようかい》の話《はなし》をし続《つづ》け、なんだか二人《ふたり》で一緒《いっしょ》に帰《かえ》ってるみたいになった。

ぼくはリリの家《いえ》に行《い》こうと思《おも》ってたんだけど、どうやらミナちゃんの家《いえ》も同《おな》じ方向《ほうこう》らしかった。

歩《ある》きながらミナちゃんはしきりに話《はな》しかけくる。

「ノゾミくんが話《はな》してた妖怪《ようかい》のこと、ポックルって呼《よ》んでたよね？」

「うん……」

そこまではっきり聞《き》かれてたんだ……。

「ポックルっていうのはコロポックルのことだよね？」

「まあ……」

生返事《なまへんじ》だった。

「コロポックルってね、北海道限定《ほっかいどうげんてい》みたいな感《かん》じで言《い》われてるんだけど、関東《かんとう》から北《きた》の方《ほう》にはコロポックルの伝説《でんせつ》が結構残《けっこうのこ》ってるのね、それで……」

話《はなし》をよく聞《き》いていると、ポックルのことを見《み》たとは言《い》うものの、たぶん、ほんとは見《み》えてないんだ。

彼女《かのじょ》が見《み》たと言《い》ってるのはあくまでも本《ほん》とかに載《の》ってる妖怪《ようかい》の姿《すがた》で、実際《じっさい》のポックルの姿《すがた》とはちがっている。

ミナちゃんは歩《ある》いてるあいだずっと喋《しゃべ》り続《つづ》けてて、

「じゃ、ぼくは、ここで……」

ってコンビニで別《わか》れようとしても、

「あたしも買《か》い物《もの》していく」

ってついてくる。

どうしよう。

これじゃリリの家《いえ》に行《い》けないじゃん……。

たいして買《か》いたいものもなかったから、うまい棒《ぼう》を二本《にほん》買《か》った。

リリとぼくのぶんと思《おも》って買《か》ったんだけど、ミナちゃんは結局《けっきょく》なにも買《か》わずに出《で》てきたから一《いっ》本《ぽん》あげた。

「ありがとう！」

大《おお》げさに喜《よろこ》んでくれたのがちょっとこそばゆい。

二人《ふたり》でコンビニの前《まえ》でうまい棒《ぼう》を食《た》べてたら、

「おー愛川《あいかわ》ー！　なに男《おとこ》といんだよおめー」

三人組《さんにんぐみ》の男子《だんし》が道《みち》の方《ほう》から大声《おおごえ》で怒鳴《どな》ってた。

ミナちゃんの表情《ひょうじょう》が曇《くも》る。

あれはたぶん六年《ろくねん》だ。

三人《さんにん》が近《ちか》づいてきた。

「なにお前五年《まえごねん》？」

その中《なか》の一番背《いちばんせ》の高《たか》いやつがぼくを見下《みお》ろしながら声《こえ》をかけてきた。

「はい」

なんか威圧感《いあつかん》あるし、体《からだ》でかくて中学生《ちゅうがくせい》みたい。

「こいつ転校生《てんこうせい》じゃね？」

「あーお前転校生《まえてんこうせい》かー」

なんで知《し》ってるの。わかるのそういうの。

「行《い》こう、ノゾミくん」

ミナちゃんはぼくのシャツの裾《すそ》を引《ひ》いた。

「すいません、もう帰《かえ》るんで」

「はあ？　お前生意気《まえなまいき》じゃね五年《ごねん》のくせに」

頭下《あたまさ》げながらミナちゃんと二人《ふたり》、逃《に》げるように駐車場《ちゅうしゃじょう》を横切《よこぎ》った。

なるべく振《ふ》り向《む》かないようにして、早足《はやあし》で。

「なにシカトこいてんだテメー」

なんか言《い》ってるのが聞《き》こえるけど無視《むし》。

「うちの近《ちか》くの六年生《ろくねんせい》なの。通学路《つうがくろ》が同《おな》じだから嫌《いや》なんだ……」

ミナちゃんはうつむいて、小声《こごえ》で言《い》った。

「ごめんね、ノゾミくん関係《かんけい》ないのに」

「ううん、別《べつ》に……」

いやだったけど、ミナちゃん置《お》いて自分《じぶん》だけ逃《に》げるわけにもいかないし、この状況《じょうきょう》で関係《かんけい》ないってわけにもいかないし……。

正直《しょうじき》ちょっとミナちゃんに腹《はら》たってた。

なんか勝手《かって》についてきて、勝手《かって》に喋《しゃべ》って、別《べつ》に仲《なか》いいわけでもなんでもないのに、ていうか今日初《きょうはじ》めて話《はな》したくらいなのに、たまたま一緒《いっしょ》にいるってだけでぼくまで六年《ろくねん》に目《め》つけられちゃったじゃん。

「もっと速《はや》く歩《ある》こ」

ミナちゃんがか細《ぼそ》い声《こえ》でぼくの裾《すそ》をつまんだ。

六年《ろくねん》がコンビニからついてきてるんだ。

帰《かえ》りの方向《ほうこう》が一緒《いっしょ》だから仕方《しかた》ないんだろうけど。

てかもうぼくは神社《じんじゃ》に行《い》きたいから、ここで別《わか》れなきゃいけないんだけど。

六年三人組《ろくねんさんにんぐみ》は小石《こいし》とか投《な》げて挑発《ちょうはつ》してくるし、ミナちゃん半泣《はんな》きだし。

「ミナちゃん、神社《じんじゃ》行《い》こう！」

「えっ」

ぼくは彼女《かのじょ》の手《て》を引《ひ》いて、神社《じんじゃ》への階段《かいだん》を上《あ》がった。

「この神社《じんじゃ》、妖怪神社《ようかいじんじゃ》って呼《よ》ばれてるの。あたし何回《なんかい》か来《き》たことあるよ。妖怪《ようかい》が出《で》るの」

「そーなんだ……」

「うん。あたし、見《み》たことあるよ。でもお母《かあ》さんが行《い》っちゃダメって言《い》うからずっと来《き》てなかったの」

そんな話《はなし》してる場合《ばあい》じゃないのに。

「逃《に》げんじゃねーよ！」

六年《ろくねん》が階段《かいだん》の下《した》まで来《き》てた。

「大丈夫《だいじょうぶ》？」

「うん、平気《へいき》だよ」

階段《かいだん》を上《あ》がりながら、ミナちゃんは息《いき》を切《き》らしてた。

六年《ろくねん》が階段《かいだん》を上《あ》がってきた。しつこいやつらだなー。

境内《けいだい》に誰《だれ》か大人《おとな》がいれば、あきらめて帰《かえ》るだろう。トミジー、いてくれ！……と思《おも》って、階《かい》段《だん》を上《のぼ》りきったけど、こんなときに限《かぎ》って誰《だれ》もいない。

ぼくは山道《さんどう》の方《ほう》へ、ミナちゃんの手《て》を引《ひ》っ張《ぱ》って走《はし》る。

「どこ行《い》くの？」

「山《やま》」

「山《やま》はクマが出《で》るから入《はい》っちゃダメってお母《かあ》さんに……」

「いいから。大丈夫《だいじょうぶ》だから」

ぼくは林《はやし》の中《なか》に向《む》かってとにかく進《すす》んだ。

ミナちゃんの手《て》を握《にぎ》る力《ちから》を、少《すこ》し強《つよ》める。もし手《て》を離《はな》してしまったら彼女《かのじょ》が迷《まよ》ってしまうかもしれないから。

樹々《きぎ》の間《あいだ》の細《ほそ》い道《みち》をぼくとミナちゃんは進《すす》む。

いつのまにか、六年《ろくねん》の声《こえ》は聞《き》こえなくなって、虫《むし》の鳴《な》き声《ごえ》ばかりになった。

ここまでくればもう大丈夫《だいじょうぶ》かな。

さすがにリリの家《いえ》まで連《つ》れて行《い》くわけにはいかないから、ここでしばらく待《ま》って、それからミナちゃんを帰《かえ》して……。

「こんなところに家《いえ》がある！」

「えっ？」

まだ全然先《ぜんぜんさき》だと思《おも》ってたリリの家《いえ》が、木《き》の間《あいだ》に見《み》えてた。

あれ？　こんなに近《ちか》かったっけ……？　前《まえ》はもっと時間《じかん》かかった気《き》がするけど……？

「あっ、リリちゃん！」

リリが家《いえ》から出《で》てきた。ぼくら二人《ふたり》が来《く》るのを知《し》ってたみたいに。ミナちゃんを見《み》ても別《べつ》に驚《おどろ》く様子《ようす》もなく。

「ミナちゃん」

「リリちゃんの家《いえ》なんだねここ！」

「うん。どうしたの、二人《ふたり》で」

リリはこころなしか表情《ひょうじょう》がきつい気《き》がする。

ミナちゃんを連《つ》れてきたことを怒《おこ》ってるのかな……。

「ごめん。ここでいいから、すぐ帰《かえ》るから、いま六年《ろくねん》のやつらがさ……」

「いいよ。上《あ》がって。せっかくここまで来《き》たんだし」

「でも……」

この家《いえ》のことはぼくとリリだけの秘密《ひみつ》だと思《おも》ってたから、それがあっさり他《ほか》の誰《だれ》かに共有《きょうゆう》されてしまうことがなんとなく寂《さび》しい。

「大丈夫《だいじょうぶ》。いま誰《だれ》もいないから」

ぼくたちはリリの部屋《へや》に上《あ》がった。

ここでもミナちゃんは妖怪《ようかい》の話《はなし》だった。

妖怪神社《ようかいじんじゃ》に来《き》たことで、話《はなし》に勢《いきお》いがついてるみたい。

「ミナちゃんは妖怪《ようかい》に詳《くわ》しいんだね？」

リリも話《はなし》に乗《の》っていく。

「おばあちゃんがね、小《ちい》さい頃《ころ》からよく妖怪《ようかい》の話《はなし》をしてくれたの」

ミナちゃんは四年生《よねんせい》くらいから妖怪《ようかい》が見《み》えるようになって、それから妖怪《ようかい》についていろいろと調《しら》べたらしくて、めっちゃ詳《くわ》しかった。

ぼくが読《よ》んだ妖怪《ようかい》の本《ほん》の知識《ちしき》なんて比《くら》べ物《もの》にならないくらい。

リリも知《し》らないような話《はなし》。

ミナちゃんは図書館《としょかん》にしかないような、大人《おとな》が読《よ》むような漢字《かんじ》だらけの難《むずか》しい本《ほん》まで読《よ》んでいて、この町《まち》がまだ村《むら》だった頃《ころ》の妖怪伝説《ようかいでんせつ》をいっぱい話《はな》してくれた。

たとえば田《た》んぼの中《なか》の細《ほそ》い道沿《みちぞ》いに、木《き》でできたボロい祠《ほこら》があって、お地蔵《じぞう》さんが数体並《すうたいなら》んでいたりして、その傍《そば》に小《ちい》さな立《た》て札《ふだ》がたってる。

その立《た》て札《ふだ》にはお地蔵《じぞう》さんが作《つく》られた経緯《けいい》が書《か》かれていて、それがだいたい妖怪《ようかい》に関係《かんけい》するものだったりするんだとか。

カッパの形《かたち》をしたお地蔵《じぞう》さんや、コロポックルによく似《に》た石像《せきぞう》。

この町《まち》にはそういう、妖怪《ようかい》にまつわる話《はなし》がいっぱい、そこらじゅうにあるんだって。

カッパ地蔵《じぞう》の立《た》て札《ふだ》には、昔《むかし》この付近《ふきん》の池《いけ》に住《す》んでいたカッパが畑《はたけ》から作物《さくもつ》を盗《ぬす》むなどの悪《わる》さをしていて、怒《おこ》った村人《むらびと》がカッパを網《あみ》で捕《つか》まえて木《き》に吊《つ》るして、何日《なんにち》も放置《ほうち》されたカッパは頭《あたま》の皿《さら》が乾《かわ》いて死《し》んでしまった。それから雨《あめ》が降《ふ》らなくなって飢饉《ききん》になって、カッパの呪《のろ》いって言《い》われて、死《し》んだカッパの魂《たましい》を鎮《しず》めるために地蔵《じぞう》を作《つく》って雨《あめ》を願《ねが》ったそうだ。

ミナちゃんはコロポックルの話《はなし》も聞《き》かせてくれた。

昔《むかし》この土地《とち》を治《おさ》めていた殿様《とのさま》がコロポックルたちの集落《しゅうらく》を焼《や》いて、村《むら》から追《お》い出《だ》した。コロポックルたちは山《やま》に逃《に》げたんだけど、殿様《とのさま》は彼《かれ》らをどんどん北《きた》に追《お》いやってしまった。コロポックルたちはいなくなったけど、彼《かれ》らと仲良《なかよ》くしていた一部《いちぶ》の村人《むらびと》たちが、コロポックルたちの信《しん》じる神様《かみさま》の像《ぞう》を立《た》てた。

彼《かれ》らに対《たい》するお詫《わ》びなのか、彼《かれ》らの幸《しあわ》せを願《ねが》ったのか、説《せつ》はいろいろみたいだけど、そんなのが今《いま》でも残《のこ》ってるらしい。

ミナちゃんが話《はな》す妖怪《ようかい》のエピソードは、悲《かな》しい話《はなし》ばかりだった。

中《なか》でも、本《ほん》に書《か》いてあったという、妖怪《ようかい》と人間《にんげん》のあいだに生《う》まれた子供《こども》の話《はなし》は強烈《きょうれつ》な印象《いんしょう》を残《のこ》した。

「あいのこ」という題《だい》のついたその物語《ものがたり》は、人間《にんげん》と妖怪《ようかい》のあいだで争《あらそ》いが起《お》きて、どっちにもつくことができなかったあいのこが自《みずか》ら命《いのち》をたった、という話《はなし》だ。

リリはその話《はなし》を黙《だま》って聞《き》いていた。

彼女《かのじょ》は人間《にんげん》と妖怪《ようかい》のあいだに、再《ふたた》び争《あらそ》いが起《お》きたとき、どっちにつくんだろう。

ぼくはどっちにつけばいいんだろう。

でもそんなのはみんな昔《むかし》の話《はなし》だ。

今《いま》は妖怪《ようかい》という存在《そんざい》はいないことになってるし、見《み》える人《ひと》もほとんどいないのだ。


帰《かえ》り際《ぎわ》にミナちゃんの見《み》えないところで、こそっとリリに耳打《みみう》ちした。

「ポックルが学校《がっこう》に来《き》てたんだ」

「あー……やっぱりそうなんだ」

「知《し》ってたの？」

リリは思《おも》い当《あ》たったみたいで、うん、と頷《うなず》いた。

「知《し》ってはいなかったけど、なんか気配《けはい》っていうか。クラスのみんなも騒《さわ》いでたし。たぶんポックルだけじゃないの。他《ほか》にも来《き》てると思《おも》う」

「他《ほか》にも？　どうして」

「たぶん、お父《とう》さん」

「お父《とう》さんが？」

「あたしが人間《にんげん》の学校《がっこう》に通《かよ》うのが気《き》に入《い》らないから邪魔《じゃま》しようとしてるの」

「まさか……」

いくら妖怪《ようかい》だからって、お父《とう》さんがそんなことするのかなあ。でも大喧嘩《おおげんか》したって言《い》ってたし……。

「ノゾミくん、帰《かえ》ろー」

先《さき》に玄関《げんかん》に出《で》たミナちゃんに呼《よ》ばれて、その話《はなし》は途中《とちゅう》で終《お》わってしまった。

その日《ひ》はそれで家《いえ》に帰《かえ》ったんだけど、次《つぎ》の日《ひ》の朝《あさ》、リリとミナちゃんが仲良《なかよ》さそうに二人《ふたり》で登《とう》校《こう》してきてびっくり。

ミナちゃんもぼくの気《き》づかないところでリリと話《はなし》をしてたみたい。

クラスのみんなもざわついてたけど、それからリリはミナちゃんと毎日《まいにち》のように一緒《いっしょ》に通学《つうがく》するようになった。

ぼくは、ミナちゃんにちょっと嫉妬《しっと》した。

数日後《すうじつご》。

その日《ひ》は朝《あさ》から写生会《しゃせいかい》で、みんな画板《がばん》を持《も》ってぞろぞろと、近《ちか》くの湖《みずうみ》まで行《い》った。

集《あつ》まったのは湖畔《こはん》の緑地公園《りょくちこうえん》みたいなところ。

芝生《しばふ》が広《ひろ》がる先《さき》に森《もり》がすぐそこまで迫《せま》ってきていて、緑色《みどりいろ》の木《き》の中《なか》に、ところどころ茶色《ちゃいろ》い葉《は》っぱの木《き》が混《ま》ざってる。

みんなは湖《みずうみ》の方《ほう》を描《か》きはじめたけど、ぼくは反対《はんたい》がわを向《む》いて、森《もり》を描《か》いた。

妖怪《ようかい》でも隠《かく》れていそうな森《もり》だ。

でもさすがに学校《がっこう》の写生会《しゃせいかい》で妖怪《ようかい》描《か》くわけいかないし、だいいち妖怪《ようかい》の姿《すがた》は見《み》えない。

ポックルたちもこんな広々《ひろびろ》としたところでは隠《かく》れてリリを監視《かんし》するわけにはいかないだろう。

リリはぼくの場所《ばしょ》からほんの少《すこ》し離《はな》れたところで、ミナちゃんと二人並《ふたりなら》んで湖《みずうみ》を描《か》いてた。

ぼくも混《ま》ざりたかったけど、女子《じょし》と一緒《いっしょ》にいるといろいろとうるさいから付《つ》かず離《はな》れずの中途《ちゅうと》半端《はんぱ》な場所《ばしょ》にいた。

その場所《ばしょ》で描《か》くのは午前中《ごぜんちゅう》だけで、学校帰《がっこうかえ》って給食食《きゅうしょくた》べてから午後《ごご》に教室《きょうしつ》で仕上《しあ》げるみたいな感《かん》じなので、早《はや》い子《こ》は昼前《ひるまえ》に絵《え》の具《ぐ》を片付《かたづ》けはじめる。

リリも描《か》くの早《はや》くて、クラスで一番《いちばん》か二番《にばん》くらいに筆《ふで》とパレット持《も》って水道《すいどう》に行《い》ってた。

ぼくもそろそろ終《お》わらせて、水道《すいどう》のとこでリリに話《はな》しかけようと思《おも》って筆《ふで》をまとめたとき、女《じょ》子《し》の数人《すうにん》が、一人《ひとり》になったミナちゃんを取《と》り囲《かこ》むみたいに立《た》った。

柳田《やなぎた》あやかのグループだ。

あやかは女子《じょし》の中《なか》でもすごい目立《めだ》つ子《こ》だった。

成績《せいせき》もいいし、スポーツもできるし、なによりかわいい。

家《いえ》はお金持《かねも》ちで、着《き》てる服《ふく》とかも他《ほか》の子《こ》より一段《いちだん》ちがう。

男子《だんし》の間《あいだ》ではリリか、あやかか、みたいな話《はなし》がときどき。

だからかもしれないけど、彼女《かのじょ》はリリを目《め》の敵《かたき》にしてるみたいだった。

「ミナちゃんさぁ、妖怪見《ようかいみ》えるんだっけー？」

あやかが言《い》った。

「うん、見《み》えるよ」

「すごいねー、妖怪《ようかい》とか見《み》えちゃうのー」

ミナちゃんが妖怪見《ようかいみ》えるっていうのを――つまり嘘《うそ》つきだっていうことを、まわりに聞《き》こえるように言《い》っているんだ。

ぼくは気《き》になって、片付《かたづ》けをしてるふりをしながら聞《き》き耳立《みみた》ててた。

「音楽室《おんがくしつ》に妖怪出《ようかいで》るって噂《うわさ》あるでしょ？　それさ、今日《きょう》の夜《よる》に確《たし》かめに行《い》こってことになったの。ミナちゃんも一緒《いっしょ》に来《き》てくれない？」

「あたしも……？」

「あたしたちほら、妖怪見《ようかいみ》えないじゃない？　だから、妖怪出《ようかいで》たときにさ、ミナちゃんがいてくれないと、怖《こわ》いでしょ」

「そうだけど……でも妖怪《ようかい》なんていないってあやかちゃん……」

「最近《さいきん》さ、いろいろ変《へん》なこと多《おお》いじゃん。妖怪《ようかい》のせいだって言《い》われてるの知《し》ってる？」

「うん」

「どうなの？　やっぱり妖怪《ようかい》のせいなの？」

「わかんないけど、たぶん……」

「えー、やっぱり妖怪《ようかい》のせいなんだー、怖《こわ》いよねー」

あやかが他《ほか》の女子《じょし》に言《い》うと、まわりもうんうん頷《うなず》く。

「ううん、妖怪《ようかい》は怖《こわ》くないんだよ」

「あたしたち見《み》えないから怖《こわ》いんだよー。ミナちゃんと一緒《いっしょ》じゃないと、夜《よる》の音楽室《おんがくしつ》行《い》くのとかちょっと無理《むり》だよねー」

あやかが顔《かお》を向《む》けると両隣《りょうどなり》の女子《じょし》も「そうだよねー」って。

なんか感《かん》じ悪《わる》い。

みんなでミナちゃんを笑《わら》い者《もの》にしようとしてるみたいだ。

「うん。いいよ。音楽室《おんがくしつ》行《い》く」

ミナちゃんが答《こた》えると、あやかたちは顔《かお》を見合《みあ》わせて笑《わら》った。

ミナちゃんも一緒《いっしょ》になって笑《わら》ってたんだけど、急《きゅう》にこっち向《む》いて大《おお》きい声《こえ》で、

「ノゾミくん！」

いきなりぼくに振《ふ》ってきた。

「えっ」

「あやかちゃんたち今日《きょう》の夜《よる》、音楽室《おんがくしつ》行《い》くんだって。ノゾミくんも一緒《いっしょ》に行《い》こう？」

「……ぼくも？」

「うん」

ミナちゃんは満面《まんめん》の笑《え》みだけど、あやかたちは「は？」って顔《かお》してた。

「どうして、ぼくも？」

「だってノゾミくんも妖怪見《ようかいみ》えるでしょ？」

ミナちゃんが言《い》った。

「へー、和泉《いずみ》くんも妖怪《ようかい》とか見《み》える人《ひと》なんだー」

あやかたちがくすくすと含《ふく》み笑《わら》いっていうか、バカにしたような笑《わら》いでぼくを見《み》た。

「いや、別《べつ》に、見《み》えるとかじゃなくて……」

「なに二人《ふたり》付《つ》き合《あ》ってんの？」

これにあやかの周《まわ》りの女子《じょし》たちが大笑《おおわら》い。

「そんなわけないでしょ！」

ぼくはむきになって言《い》い返《かえ》した。

あやかだけは笑《わら》ってなかった。

彼女《かのじょ》の目《め》はぼくを値《ね》踏《ぶ》みしているみたいだ。

いったいなに企《たくら》んでんだよ……。

そんなことにミナちゃん一人《ひとり》で行《い》かせるのもなーと思《おも》って、

「いいよ、行《い》くよ」

って答《こた》えた。

「……それ、あたしも行《い》っていいかな？」

リリがいつの間《ま》にかぼくのうしろにいた。

「え、リリちゃんも？」

あやかが眉《まゆ》をひそめた。

「ダメかな？」

「なんで？」

「なんか、面白《おもしろ》そうだから」

「噂《うわさ》を確《たし》かめに行《い》くだけだから。リリちゃんには関係《かんけい》ないから」

あやかはあからさまに来《き》てほしくなさそう。

「えー、あたしも行《い》きたいー」

「リリちゃんも行《い》こう！」

ミナちゃん喜《よろこ》んでる……。

「なに、妖怪《ようかい》とか興味《きょうみ》があるわけ？」

あやかはつっかかるみたいな言《い》い方《かた》。

「うん、なんか、あたしホラーとか怪談《かいだん》とか、幽霊《ゆうれい》とかおばけの話《はなし》好《す》きだし……」

「妖怪《ようかい》と幽霊《ゆうれい》はちがうのよリリちゃん」

ミナちゃんが突《つ》っ込《こ》んだ。

今《いま》そういう話《はなし》でもないいんだけど……。

「あ、そうなんだ。でも音楽室《おんがくしつ》のピアノが鳴《な》るとか、ちょっと興味《きょうみ》あるな」

「ギターだけど？」

「あ、そうでした。ギターだっけ。怖《こわ》いじゃない、そういうの」

「妖怪《ようかい》は別《べつ》に怖《こわ》くないのよ」

ミナちゃん、今《いま》そういうんじゃないから……。

「まあ、別《べつ》にいいけど。リリちゃんが来《き》たいんなら、来《く》れば？」

なんか言《い》い方《かた》がとげとげしい。

あやかたちは互《たが》いに顔《かお》を見合《みあ》わせて、目配《めくば》せしあってた。

ぼくにはリリの考《かんが》えがなんとなくわかる。

もし妖怪《ようかい》が本当《ほんとう》に音楽室《おんがくしつ》に出没《しゅつぼつ》していたら、それを確《たし》かめて、妖怪《ようかい》の存在《そんざい》をみんなに知《し》られるようなことをやめさせたいと思《おも》うはず。

夜《よる》、九時《くじ》に学校《がっこう》の正門前《せいもんまえ》に集合《しゅうごう》だった。

そんな時間《じかん》に遊《あそ》びに行《い》くとか親《おや》に言《い》ったら絶対《ぜったい》ダメって言《い》われるので、ぼくは早《はや》く寝《ね》たことにして裏《うら》からこっそり外《そと》に出《で》た。

九時《くじ》に少《すこ》しだけ間《ま》に合《あ》わなくて、走《はし》って集合場所《しゅうごうばしょ》の門《もん》に着《つ》いたとき、そこにはまだリリとミナちゃんと、あやかしかいなかった。

「あとの二人《ふたり》は？」

リリが答《こた》えた。

「来《こ》られなくなったみたいなの」

あやかと一緒《いっしょ》に来《く》るはずだった子《こ》たちが、家《いえ》を出《で》るときに親《おや》に見《み》つかって来《こ》られなくなったらしい。

ぼく、リリ、ミナちゃん、あやか、この四人《よにん》で音楽室《おんがくしつ》に行《い》く、ということになってしまった。

乗《の》り気《き》なのはミナちゃんで、あやかはもうやる気《き》なくしてるし、ただリリは真相《しんそう》を確《たし》かめたくて行《い》くので前向《まえむ》きかもしれなくて、ぼくはリリと一緒《いっしょ》に夜《よる》に会《あ》うってだけでわくわくしてた。

目的地《もくてきち》は旧校舎《きゅうこうしゃ》、音楽室《おんがくしつ》とか理科室《りかしつ》とかがある校舎《こうしゃ》で、建物《たてもの》が古《ふる》い。

その一階《いっかい》の廊下《ろうか》の窓《まど》の鍵《かぎ》が壊《こわ》れてて、鍵《かぎ》は一応《いちおう》かかるんだけど、上下《じょうげ》にガタガタ揺《ゆ》らすと鍵《かぎ》が外《はず》れて開《あ》いてしまうらしくて、そこから忍《しの》び込《こ》むんだって。

この学校《がっこう》の高学年《こうがくねん》ならみんな知《し》ってて、休《やす》みの日《ひ》とか勝手《かって》に入《はい》ったりする生徒《せいと》もいるみたい。

「やってよ」

あやかがぼくに、まるで当然《とうぜん》のように指示《しじ》してきた。

しぶしぶ窓《まど》に手《て》をかけて、力《ちから》いっぱい窓《まど》を揺《ゆ》さぶる。

ガタガタしているうちにゆるんだ鍵《かぎ》が動《うご》いて、拍子《ひょうし》抜《ぬ》けするくらい窓《まど》はするりと開《あ》いてしまった。

ひょいっと、窓枠《まどわく》に乗《の》って、廊下《ろうか》に下《お》りる。

女子《じょし》たちも窓《まど》を越《こ》えて次々《つぎつぎ》と入《はい》ってきた。

背《せ》の小《ちい》さいミナちゃんだけがうまく登《のぼ》れなくて、ぼくが手《て》を引《ひ》っ張《ぱ》った。

「どんくさ」

あやかが笑《わら》っていてぼくはちょっといらついたんだけど、途中《とちゅう》からリリも手伝《てつだ》ってくれてミナちゃんも入《はい》ることができた。

暗《くら》かったので、廊下《ろうか》の電気《でんき》のスイッチを探《さが》そうとすると、

「つけちゃだめ」

あやかが言《い》った。

「どうして？」

「外《そと》から見《み》えちゃうでしょ」

「見《み》えちゃダメなの？」

「忍《しの》び込《こ》んでるのがばれちゃうじゃん。わかるよね普通《ふつう》」

「ああ、うん……」

「なに、怖《こわ》いわけ？」

「別《べつ》に」

本当《ほんとう》は少《すこ》し怖《こわ》かった。

建物《たてもの》が古《ふる》くて、外《そと》よりも寒《さむ》いし、廊下《ろうか》の非常口《ひじょうぐち》の明《あ》かりがうっすらと緑色《みどりいろ》で。

四階《よんかい》まで上《あ》がって、廊下《ろうか》を進《すす》んだ突《つ》き当《あ》たりが音楽室《おんがくしつ》だ。

扉《とびら》が遠《とお》くに感《かん》じる。

暗闇《くらやみ》がじわじわと体中《からだじゅう》から染《し》み込《こ》んでくるみたいで、暑《あつ》いくらいなのに寒気《さむけ》がした。

ここまで、音楽室《おんがくしつ》の方《ほう》からは何《なん》の音《おと》も聞《き》こえてこない。

扉《とびら》の前《まえ》で、誰《だれ》が最初《さいしょ》に入《はい》るかをじゃんけんで決《き》めた。

三人《さんにん》で示《しめ》し合《あ》わせてたんじゃないのってくらいみんなチョキで、ぼくだけパーを出《だ》す。

音《おと》を立《た》てないようにゆっくりと、音楽室《おんがくしつ》の引《ひ》き戸《ど》を開《ひら》いた。

廊下《ろうか》から覗《のぞ》いた音楽室《おんがくしつ》は電気《でんき》をつけてないから当然《とうぜん》真《ま》っ暗《くら》なんだけど、窓《まど》から差《さ》してくる薄明《うすあ》かりで、中《なか》がぼんやりと見《み》えてくる。

ぼくらは音楽室《おんがくしつ》の中《なか》に入《はい》った。

夜《よる》の教室《きょうしつ》は昼間《ひるま》とは雰囲気《ふんいき》ちがってて、薄気味悪《うすきみわる》さ全開《ぜんかい》。

壁《かべ》にかかった音楽家《おんがくか》のみなさんがぼくたちを見《み》てる。

ベートーベンとかバッハとか。

なんでみんなそんなしかめっ面《つら》してるの。

まるで夜《よる》に学校《がっこう》に忍《しの》び込《こ》むなんて悪《わる》さをしているぼくたちを叱《しか》りつけているみたい。

「別《べつ》になにもなくない？」

ぼくは言《い》った。

妖怪《ようかい》がいれば見《み》えるはずだし、リリもとくになにも感《かん》じないみたいだし。

「帰《かえ》ろうよ」

ぼくは言《い》った。

「なによ怖《こわ》いの？」

「怖《こわ》くないよ。一人《ひとり》なら怖《こわ》いかもだけど、こんなに大勢《おおぜい》いてさ、もういいでしょって。妖怪《ようかい》はいないよ、ここには」

「妖怪《ようかい》がいるよ」

ミナちゃんが言《い》った。

「えっ？」

ぼくはリリと顔《かお》を見合《みあ》わせた。

「ほんとに？」

思《おも》わず聞《き》いてしまう。

「うん。妖怪《ようかい》。いるよ、この教室《きょうしつ》に……」

「いーかげんにしてよ！」

あやかだった。

「あやかちゃん……」

「ミナちゃんさあ、妖怪妖怪《ようかいようかい》ってさ！　そうやっていつもいつも人《ひと》の気《き》を引《ひ》こうとして言《い》っててけどさ、いねーんだよ妖怪《ようかい》なんて！　見《み》てるとむかつくんだよ！」

あやかがキレた。

「いないじゃん！　どこにいんのよ妖怪《ようかい》なんて！」

そのときだった。

どこかから、ぽろん、ってギターの弦《げん》を弾《はじ》いたような音《おと》が聞《き》こえた気《き》がした。

みんな黙《だま》ってしまって、音楽室《おんがくしつ》は、しんと静《しず》まり返《かえ》った。

「なに今《いま》の！」

声《こえ》を上《あ》げたのはあやかだ。

腰《こし》が引《ひ》けたみたいに入口《いりぐち》の近《ちか》くにいるあやかがこの中《なか》で一番《いちばん》びびりなんじゃないの？

「あれ……」

ミナちゃんがリリのほうを指差《ゆびさ》した。

リリが振《ふ》り返《かえ》ると、五線《ごせん》の書《か》いてある黒板《こくばん》の端《はし》のあたり、暗《くら》い音楽室《おんがくしつ》の中《なか》で、そこだけスポットライトが当《あ》たってるみたいにうっすらと明《あか》るい。

窓《まど》から差《さ》した月《つき》の明《あ》かりでそう見《み》えるんだ。

ぼくは目《め》をこらした。

壁《かべ》に立《た》てかけてあるギターが、ふわりと宙《ちゅう》に浮《う》いているように見《み》えた。

「えっ？」

ぼくもだけど、みんなそれを見《み》て息《いき》をのんだ。

リリが近《ちか》づいて手《て》を伸《の》ばしたとき、
ジャカジャーン！

いきなりギターが鳴《な》りだした。

「いやぁ――――――っ！」

あやかが悲鳴《ひめい》を上《あ》げた。

それにつられるようにみんな思《おも》い思《おも》いの悲鳴《ひめい》を上《あ》げた。

あやかはばたばたと足音《あしおと》を立《た》てて廊下《ろうか》へ出《で》ていった。

「待《ま》って！」

あやかのあとを追《お》ったのはミナちゃんだった。

「いるよ」

隣《となり》でリリが険《けわ》しい目《め》でギターを見《み》つめていた。

よく見《み》ると、二本《にほん》の手《て》がギターを持《も》っているのがぼんやりと。

ぼくは不思議《ふしぎ》と怖《こわ》さを感《かん》じてなかった。

リリがいるから。

彼女《かのじょ》が一緒《いっしょ》にいるだけで、夜《よる》の音楽室《おんがくしつ》で宙《ちゅう》に浮《う》いた二本《にほん》の手《て》がギターを鳴《な》らすという超常現象《ちょうじょうげんしょう》を見《み》ても、不思議《ふしぎ》だな、とか、これも妖怪《ようかい》のしわざか？　なんて考《かんが》えをめぐらす余裕《よゆう》があった。

「リリちゃん、ちょっと来《き》て……」

ミナちゃんが廊下《ろうか》から声《こえ》をかけてきた。

リリはギターを見《み》つめたまま、ぼくの袖《そで》を引《ひ》いて後《あと》ずさる。

ぼくたちは音楽室《おんがくしつ》を出《で》た。

廊下《ろうか》の真《ま》ん中《なか》で、あやかがしゃがみ込《こ》んで泣《な》きながら、ガタガタ震《ふる》えてた。

「どうしたの……？」

リリが聞《き》いても、あやかはうつむいたまま何《なに》も答《こた》えず。

「電気《でんき》つけよう」

ぼくは廊下《ろうか》の電気《でんき》をつけようとスイッチを探《さが》したんだけど、

「つけないで！」

あやかが悲鳴《ひめい》みたいな声《こえ》で言《い》った。

「大丈夫《だいじょうぶ》……？」
リリがあやかの肩《かた》に手《て》を載《の》せようと……。
「さわんないで！」

強《つよ》い口調《くちょう》にびくっとしてリリは手《て》を引《ひ》いた。

しゃがんだあやかの足元《あしもと》に、小《ちい》さな水《みず》たまりができていた。

「あんたたちのせいよ」

「え」

「みんなで、あたしを怖《こわ》がらせようとしたんでしょ！」

「ちがうよ。そんなことしないよ」

ミナちゃんが言《い》った。

あやかはぼくたちがギターを鳴《な》らして驚《おどろ》かせようとした、と思《おも》ってる？

「リリちゃん」

ミナちゃんがリリに、あやかをトイレに連《つ》れていくように言《い》って、自分《じぶん》はどこからかぞうきんを持《も》ってきて、床《ゆか》を拭《ふ》きはじめた。

あやかは腰《こし》が抜《ぬ》けたみたいに膝《ひざ》ががくがくして歩《ある》くのに苦労《くろう》してる。

リリはそんなあやかに肩《かた》を貸《か》して、女子《じょし》トイレに連《つ》れていった。

ぼく一人《ひとり》、どうしていいかわからずに、ただ立《た》ち尽《つ》くしていた。

廊下《ろうか》の先《さき》の女子《じょし》トイレから明《あ》かりがぼんやりと届《とど》く。

「なんか、ごめんなさい」

ミナちゃんが急《きゅう》に大人《おとな》っぽく見《み》えた。

「ううん、ごめん」

ぼくもあやまってた。

なににあやまったんだろう。

なにもできないでただ立《た》ってることに対《たい》して？

ミナちゃんのことを、内心《ないしん》で少《すこ》しバカにしてたことに対《たい》して？

彼女《かのじょ》が本当《ほんとう》に妖怪《ようかい》が見《み》えているかどうかはともかく、彼女《かのじょ》は目《め》の前《まえ》で奇妙《きみょう》な現象《げんしょう》が起《お》きても決《けっ》して取《と》り乱《みだ》さず、落《お》ちついて、友《とも》だちのことを気《き》にかけられる、しっかりした女《おんな》の子《こ》だっていうことがわかった。


「絶対《ぜったい》言《い》わないでね……」

あやかは何度《なんど》も言《い》った。

「言《い》わないよ」

ミナちゃんが答《こた》える。

「絶対《ぜったい》ね」

ぐずぐず言《い》ってるあやかをなだめながら、ぼくたちは校門《こうもん》まで戻《もど》ってきた。

「あたし、あやかちゃん送《おく》っていくね」

ミナちゃんは言《い》った。

あやかはまだ少《すこ》し震《ふる》えていて、とても夜道《よみち》を一人《ひとり》で歩《ある》けるような状態《じょうたい》ではなかった。

ミナちゃんたちが帰《かえ》るのを見送《みおく》って、ぼくとリリはまだ門《もん》のところに立《た》ったままだった。

「よし、行《い》こう」

リリは踵《きびす》を返《かえ》して、校舎《こうしゃ》の方《ほう》へ歩《ある》き出《だ》した。

「あたしもう一回音楽室《いっかいおんがくしつ》行《い》ってくる」

「えっ」

「先帰《さきかえ》ってもいいよ」

そう言《い》うけど、リリを一人《ひとり》にして帰《かえ》るわけいかないし、ここでリリと別《わか》れたくもなかったので、

「ぼくも行《い》く」

と返事《へんじ》した。

リリと二人《ふたり》でもう一度校舎《いちどこうしゃ》に入《はい》り、階段《かいだん》を駆《か》け上《あ》がる。

音楽室《おんがくしつ》に近《ちか》づくにつれて、

「聞《き》こえるよね？」

リリが言《い》った。

「ギター？」

「うん」

言《い》われてみれば、ギターの音《おと》が微《かす》かに。

「歌《うた》も聞《き》こえるよね？」

「ん？」

今度《こんど》はうっすらとボーカルも乗《の》ってる。

「これ、なに……？」

さすがにぼくも怖《こわ》いっていうか、気味《きみ》が悪《わる》いっていうか、妖怪《ようかい》がどうとかより不審者《ふしんしゃ》が忍《しの》び込《こ》んでるんじゃないのっていう不安《ふあん》のほうが大《おお》きくなってきた。

「犯人《はんにん》はわかってるの」

リリは自信《じしん》を持《も》ってるみたいだ。

音楽室《おんがくしつ》に戻《もど》ると、長髪《ちょうはつ》の男《おとこ》の人《ひと》がギター抱《かか》えて、気持《きも》ちよさそうに歌《うた》ってる。

誰《だれ》……？

「やっぱりタクローだったのね……」

リリが言《い》った。

「え、知《し》ってるの？」

「うん。彼《かれ》は……」

妖怪《ようかい》タクロー。

夜中《よなか》にどこからともなくギターの音《おと》が聞《き》こえてきたら、彼《かれ》のしわざだ。

「ようこそ。ぼくのシークレットライブへ。では聴《き》いてください、『結婚《けっこん》しようよ』」

ポカーンとしてるぼくらにはお構《かま》いなしに彼《かれ》は演奏《えんそう》を始《はじ》めた。

ぼくとリリは顔《かお》を見合《みあ》わせるが、演奏《えんそう》を中断《ちゅうだん》するのもなんだし、音楽室《おんがくしつ》の入口《いりぐち》に突《つ》っ立《た》ったまま、タクローがギターを鳴《な》らして歌《うた》うのを聴《き》いていた。

なんか、髪《かみ》の毛《け》が長《なが》くなったら結婚《けっこん》しよう、みたいな歌《うた》。

今《いま》でも十分《じゅうぶん》長《なが》いじゃん、って突《つ》っ込《こ》みそうになる。

夜《よる》の音楽室《おんがくしつ》で妖怪《ようかい》がギターを弾《ひ》き語《がた》りしてるっていう超現実《ちょうげんじつ》なのに、歌《うた》に癒《い》やされている自分《じぶん》がいる。

まるで、リリと二人《ふたり》でライブに来《き》たみたいだ。

演奏《えんそう》が終《お》わって、彼《かれ》は満足《まんぞく》そうに目《め》を伏《ふ》せて何度《なんど》も頷《うなず》いた。

「拍手《はくしゅ》、拍手《はくしゅ》」

彼《かれ》はぼくらに拍手《はくしゅ》を求《もと》めている。

ぼくは手《て》を叩《たた》いたけど、リリは彼《かれ》を睨《にら》みつけている。

「ではアンコールにお応《こた》えして……」

「お応《こた》えしなくていいから。アンコールしてないし」

リリは呆《あき》れたようにため息《いき》をついた。

「次《つぎ》もいい歌《うた》なんだよ。聴《き》いてくれよ『いちご白書《はくしょ》』を……」

「だめ。こんなとこで弾《ひ》かないで。学校《がっこう》なんだから」

「どこ行《い》っても苦情《くじょう》がくるんだよ。うるさいってさ」

「あの、いまの曲《きょく》、なんていうんですか？」

ぼくはつい、聞《き》いてしまった。

「え、聴《き》いたことない？　そっかー。そうだよなー。古《ふる》い曲《きょく》だし、テレビの懐《なつ》メロ番組《ばんぐみ》もなくなったし、ラジオも聴《き》かないだろうし。だいたい君《きみ》たち小学生《しょうがくせい》はそもそも音楽《おんがく》なんか聴《き》かないんだろ？」

「聴《き》かなくはないですけど」

「どんなの聴《き》くの？」

「普通《ふつう》に欅坂《けやきざか》とか、あとボカロとかも聴《き》きます」

「なにそれ。なにで聴《き》いてるの？　どうせCDでしょ？　音楽《おんがく》はね、やっぱレコードで聴《き》かないとダメなんだよね……」

「YouTube《ユーチューブ》が多《おお》いですけど……」

「なんだよそれCDですらないのかよ」

「CDって見《み》たことないです」

そう言《い》ったらなんか愕然《がくぜん》とした顔《かお》してた。

「タクローはね、何十年《なんじゅうねん》も前《まえ》の昭和《しょうわ》の歌《うた》、古《ふる》い歌《うた》ばっかり歌《うた》うの」

「妖怪《ようかい》が流行《りゅうこう》追《お》ってどうするよ。古《ふる》くてもいいものはいい、そういうのやってかないと」

タクローはぽろろん、ってギターを鳴《な》らした。

「すぐ帰《かえ》って」

リリが言《い》った。

「せめてもう一曲《いっきょく》……」

「ダメ。ここにはもう来《き》ちゃダメ。お父《とう》さんにバレたら大変《たいへん》なことになるんだから」

リリがお父《とう》さん、と口《くち》にすると、タクローはビクッとしてギターに抱《だ》きついた。

「わ、わかったよ。長《おさ》には言《い》わないで」

「告《つ》げ口《ぐち》なんかしないよ。しないから、すぐ帰《かえ》って」

「わかりました、お嬢《じょう》さん……」

タクローはしょんぼりと、ギターを抱《かか》えて音楽室《おんがくしつ》を出《で》ていこうと……。

「置《お》いていきなさい、学校《がっこう》のでしょ！　なにしれっと持《も》っていこうとしてんの！」

リリにビシッと言《い》われて、タクローはしぶしぶギターを置《お》くと、廊下《ろうか》の暗闇《くらやみ》に消《き》えていった。


ぼくたちは校舎《こうしゃ》を出《で》た。

「ミナちゃんたちはもう家着《いえつ》いたかな」

スマホの時計《とけい》を見《み》たら、そろそろ十時《じゅうじ》になるところだ。

「あの二人《ふたり》ね、四年《よねん》まではは仲良《なかよ》かったんだって」

「え、そうなの？」

「うん。クラスの子《こ》が言《い》ってたの。でも、五年《ごねん》になってから急《きゅう》に仲悪《なかわる》く、ていうかあやかちゃんがミナちゃんに冷《つめ》たくなったって……」

なんとなくわかる。

ミナちゃんが妖怪《ようかい》に取《と》りつかれてしまったからだ。

「ミナちゃんも妖怪《ようかい》が見《み》えるって言《い》ってたけど、タクローのことは見《み》えてたのかなあ」

「たぶん、見《み》えてなかったんじゃないかな」

「そう思《おも》う？」

「うん。それよりも……」

リリはなにか考《かんが》え込《こ》むように、黙《だま》り込《こ》んだ。

「どうしたの？」

と、リリの視線《しせん》の先《さき》を見《み》た。

「ポックルがいるの」

ポックルが校舎《こうしゃ》の陰《かげ》からこちらを覗《のぞ》いている。

あっ！　って顔《かお》して逃《に》げようとしたところを、

「ポックル！」

リリが呼《よ》ぶと、ポックルは金縛《かなしば》りにあったみたいにその場《ば》に固《かた》まった。

学校《がっこう》に来《き》ていたことを問《と》いただすと、ポックルはあきらめたのか、するすると話《はな》しだした。

「……長《おさ》がよ、俺《おれ》たちに頼《たの》んだんだよ。リリが学校《がっこう》でどんなんか見守《みまも》っててくれって」

「あたしを？　どうして？」

「そりゃ心配《しんぱい》だからだろ。長《おさ》から頼《たの》まれたら俺《おれ》たちは断《ことわ》れねえじゃん？　だからあたたかーく見《み》守《まも》ってたわけだよ」

「見守《みまも》っててじゃないでしょ。見張《みは》っててでしょ」

「長《おさ》も心配《しんぱい》してんだよ……」

リリはお父《とう》さんに対《たい》する怒《いか》りを代《か》わりにポックルにぶつけるみたいに、睨《にら》みつけている。

「リリのお父《とう》さん、なにをそんなに心配《しんぱい》してるの？」

ぼくは聞《き》いた。だって、リリは成績《せいせき》いいし、みんなの模範《もはん》みたいな生徒《せいと》で、心配《しんぱい》する要素《ようそ》ゼロだと思《おも》ったから。

「そりゃお前《まえ》、リリが妖怪《ようかい》の娘《むすめ》だってばれないかって心配《しんぱい》だろ」

ポックルは言《い》ったけど、ぼくは助《たす》け舟《ぶね》を出《だ》すつもりで、

「なんでばれるの？　ばれるわけないじゃん、どう見《み》たって人間《にんげん》の女《おんな》の子《こ》じゃないか。ばれようがないよ。ねえリリ？」

リリは答《こた》えなかった。しかめっ面《つら》でポックルを睨《にら》んでいる。

「ま、なにがあるかわかんねえからよ……」

ポックルも眉《まゆ》を寄《よ》せて難《むずか》しい顔《かお》をしてる。

「明日《あした》から絶対《ぜったい》に来《き》ちゃダメだからね」

「でもようリリ、俺《おれ》だってつらい立場《たちば》なんだぜ、長《おさ》から直々《じきじき》に頼《たの》まれちゃったからよ」

「あたしから言《い》っとく」

「ちょっと待《ま》ってくれよ、それじゃ俺《おれ》たち完全《かんぜん》にミッション失敗《しっぱい》じゃねえかよ」

「失敗《しっぱい》してんじゃん！」

リリに怒《おこ》られて、ポックルはしゅん、とうなだれてしまった。

それから三人《さんにん》で門《もん》に向《む》かって歩《ある》いた。

リリはずっと怒《おこ》ったみたいに黙《だま》ってる。

学校《がっこう》を出《で》たら帰《かえ》りは反対方向《はんたいほうこう》だから少《すこ》しでも話《はな》したかったけど、そっとしておいた。

「じゃ、また明日《あした》ね」

別《わか》れ際《ぎわ》、やっと笑顔《えがお》になった。

「うん」

ぼくは手《て》を振《ふ》って、リリも手《て》を振《ふ》る。

リリが歩《ある》いていくうしろ姿《すがた》が小《ちい》さくなるまで見送《みおく》った。

「で、なんでポックルいるの？」

「え、ダメ？」

「リリと帰《かえ》るんじゃないの？」

「そりゃないぜ相棒《あいぼう》。今《いま》リリと二人《ふたり》で帰《かえ》るのきっついだろマジ勘弁《かんべん》」

「しょうがないな……」

ぼくはポックルと一緒《いっしょ》に帰《かえ》ったけど、家《いえ》に着《つ》く手前《てまえ》のあたりで、彼《かれ》はふっといなくなった。

リリの正体《しょうたい》

あやかの、リリに対《たい》する態度《たいど》が変《か》わった。

避《さ》けてる、というか、無視《むし》してる。

リリがおはようって言《い》っても、あやかは視線《しせん》をそらして答《こた》えもしない。

たしかにあんなことがあったから気《き》まずいかもしれないけど、だからってそんな態度《たいど》取《と》ることないと思《おも》うんだけど……ぼくも無視《むし》されてるような気《き》がする。

それだけだったらまだよかったんだけど、あやかはそのうちリリの悪口《わるくち》を言《い》いだした。

その悪口《わるくち》っていうのが、

「リリちゃんってさ、なんか気味悪《きみわる》くない？」

みたいな感《かん》じのことを言《い》ってる。

そんなことないよ！　リリはかわいいしやさしいし、どこが気味悪《きみわる》いってんだよ！

……って言《い》いたかったけどそんな勇気《ゆうき》なかった。

「妖怪見《ようかいみ》えてんじゃね」

そう言《い》ってくすくす笑《わら》うのが聞《き》こえた。

ぼくはびっくりしてあやかたちの方《ほう》を睨《にら》みつけてしまった。

あやかと目《め》が合《あ》う。

やべ、と思《おも》ってすぐにそらしたんだけど、こそこそ話《はな》すのが聞《き》こえてきて微妙《びみょう》な空気《くうき》。

女子《じょし》ってなんなんだよ手《て》のひら返《がえ》し激《はげ》しすぎない……？

リリは席《せき》について、朝《あさ》の漢字《かんじ》テストの準備《じゅんび》をしてる。

ぼくはリリの席《せき》まで行《い》って、少《すこ》し大《おお》きめに「おはよう」って声《こえ》かけた。

「おはよ」

リリの笑顔《えがお》。

日光《にっこう》が当《あ》たって、リリの白《しろ》い肌《はだ》が透《す》き通《とお》るみたいに見《み》える。

笑《わら》ってはいたけどなんかちょっと悲《かな》しそうだった。

そんなことが何日《なんにち》も続《つづ》いて、クラス中《じゅう》がいつのまにか、リリにはあまり話《はな》しかけないような雰《ふん》囲気《いき》になってきた。

このあいだまではリリのことちやほやしてたような女子《じょし》まで。

あやかはときどき、リリから距離《きょり》取《と》って遠巻《とおま》きにちらちらと、リリを見《み》ながらこそこそ話《はな》してときどき、わっ、て笑《わら》ったりして感《かん》じ悪《わる》い。

しかもあやかは、ミナちゃんとこれまでの態《たい》度《ど》がなかったことのように、仲良《なかよ》くしはじめたのだ。

しはじめたっていうか、「もとに戻《もど》っただけ」ってヒカルくんが教《おし》えてくれた。

音楽室《おんがくしつ》の夜《よる》、リリが話《はな》してたとおりだ。

「ぼくも四年《よねん》とき二人《ふたり》とクラス同《おな》じだった。急《きゅう》にね、あやかちゃんがミナちゃんの悪口《わるくち》とか言《い》い出《だ》してさ。なんかすげー仲悪《なかわる》くなって」

ちょうど、今《いま》リリに対《たい》してしているように。


リリが学校《がっこう》を休《やす》んだ。

転校《てんこう》してきてから初《はじ》めてのことだった。

ぼくは授業《じゅぎょう》に身《み》が入《はい》らなくて、誰《だれ》も座《すわ》ってな

いリリの机《つくえ》を何度《なんど》も見《み》てしまう。

当《あ》たり前《まえ》だけど、何回見《なんかいみ》たってリリはいない。

「和泉《いずみ》さん、さっきからなにキョロキョロしてるの？」

水野先生《みずのせんせい》に見《み》つかってしまった。

「なんでもないです……」

「今日《きょう》は落《お》ち着《つ》きないですね」

周《まわ》りからひそひそ聞《き》こえてくる。

ぼくがリリのことを気《き》にしてるのはバレバレだった。

昼休《ひるやす》み、トイレに行《い》こうとして廊下《ろうか》を歩《ある》いていたら、階段《かいだん》のところにポックルがいるのが見《み》えた。

今度《こんど》はちゃんとトイレに行《い》ってから、誰《だれ》にも見《み》られないようにこっそりと階段《かいだん》を上《のぼ》っていく。

屋上《おくじょう》に出《で》る扉《とびら》の前《まえ》で、ポックルが待《ま》っていた。

「リリ、休《やす》んでるけどどうしたの？」

ぼくの方《ほう》から聞《き》いていった。

「んー、なんかよ、リリがふさぎ込んでっから、ノゾミと喧嘩《けんか》でもしたんじゃねえかと思《おも》ってな」

「そんなことしないよ。リリ、元気《げんき》ないの？」

「まあな。ノゾミ、なんか知《し》らね？」

思《おも》い当《あ》たるふしはありすぎる。

ぼくは夜《よる》の音楽室《おんがくしつ》きっかけで（そうぼくは思《おも》ったから）、あやかがリリの悪口《わるくち》言《い》いはじめて、クラスで孤立《こりつ》してることなんかをポックルに話《はな》した。

「なんだ、それじゃタクローのせいじゃねえか。あのやろう」

「それもさあ、タクローのせいってわけでもないんだよね……」

「なんでだよ？」

「あやかちゃんたち、最初《さいしょ》からリリのことあんまり気《き》に入《い》らなかったんじゃないかな……」

「学校《がっこう》って怖《こえ》えな……」

ポックルは呟《つぶや》いた。

「それで？　ポックルはなにしに来《き》たの？」

「ちょっと気《き》になることがあってよ」

「なに」

「お前《まえ》のクラスに、俺《おれ》たちが見《み》えてるやつがいるぞ」

「え、ほんとに？」

「たぶんな」

「ミナちゃん……？」

「知《し》らねえよ名前《なまえ》なんか。まだ確証《かくしょう》はねえけど、あれは絶対見《ぜったいみ》えてるぜ」

ミナちゃん、ほんとに見《み》えてたのか……。

「どうしてわかったの？」

「そりゃわかるだろ、目《め》が合《あ》うしよ、それに、そのときの顔《かお》が——」

ポックルの話《はなし》を遮《さえぎ》ったのは、階段《かいだん》を上《あ》がってくる足音《あしおと》だった。

たぶん六年生《ろくねんせい》、二人《ふたり》で競走《きょうそう》をしてるみたいで、だだだだだだっってすごい勢《いきお》いで駆《か》け上《あ》がってきた。

「また後《あと》でな！」

ポックルは向《む》かってくる生徒《せいと》のあいだをすり抜《ぬ》けるようにして下《お》りていった。

残《のこ》されたぼくは屋上《おくじょう》の扉《とびら》の前《まえ》に一人《ひとり》でいるあやしい五年生《ごねんせい》、みたいな目《め》で二人《ふたり》の生徒《せいと》に見《み》られた。

放課後《ほうかご》、帰《かえ》りの会《かい》が終《お》わって、

「愛川《あいかわ》さん」

水野先生《みずのせんせい》がミナちゃんを呼《よ》び止《と》めた。

「はい」

「森沢《もりさわ》さんの家《いえ》知《し》ってる？　一緒《いっしょ》に帰《かえ》ってるよね？」

「はい、行《い》ったことあります」

「これ、今日《きょう》のプリント、帰《かえ》りに森沢《もりさわ》さんの家《いえ》に届《とど》けてくれるかな？」

「はいっ」

もしミナちゃんに妖怪《ようかい》が見《み》えているなら、リリの家《いえ》に続《つづ》く道《みち》を見《み》つけられるはずだ。

ぼくは確《たし》かめてみようと思《おも》った。

「ミナちゃん、ぼくもリリの家《いえ》行《い》こうと思《おも》ってんだけど、一緒《いっしょ》に行《い》こう？」

「うん、いいよ」

ミナちゃんは笑顔《えがお》で答《こた》えてくれた。

窓際《まどぎわ》の席《せき》から視線《しせん》を感《かん》じる。

あやかがこっち睨《にら》んでた。

あやかは、ミナちゃんがリリと仲良《なかよ》くするのが気《き》に入《い》らないんだと思《おも》う。

ぼくと目《め》が合《あ》うと、ぷいっと顔《かお》を背《そむ》けた。

まったくもうなんなんだよ、どうしてみんな仲良《なかよ》くできないんだよ……。


リリに届《とど》けるプリントは授業参観《じゅぎょうさんかん》の案内《あんない》だった。

「ノゾミくんちは参観日《さんかんび》来《く》るの？」

「わかんない」

ぼくのお母《かあ》さんは参観日《さんかんび》にいつも来《く》る。

でもそのたびに仕事《しごと》を休《やす》んだりするのが大変《たいへん》そうで、「別《べつ》に無理《むり》して来《こ》なくてもいいよ」って言《い》うんだけど、それでも毎回《まいかい》かならず来《き》てた。

リリは……どうなんだろう。

お父《とう》さんは妖怪《ようかい》だから来《こ》ないだろうし、そもそも来《き》ても見《み》えないし、座敷《ざしき》おばさんも同《おな》じだし
……お母《かあ》さんは来《こ》ないのかな？

「参観日《さんかんび》の日《ひ》、写生会《しゃせいかい》の絵《え》が貼《は》り出《だ》されるんだよ。ノゾミくん絵《え》うまいから、お母《かあ》さん見《み》に来《く》れ

ばいいのにね」

ミナちゃんは屈託《くったく》なく話《はな》した。

「ミナちゃんちは？」

「うちは、いつもお母《かあ》さん来《く》るよ。今度《こんど》も来《く》ると思《おも》う。あんまり来《き》てほしくないんだー。わたし
絵下手《えへた》だからー……」

ぼくはそんなことよりもミナちゃんが本当《ほんとう》に妖怪《ようかい》が見《み》えているかもしれない、ということが気《き》
になって仕方《しかた》なかった。

嘘《うそ》だと思《おも》ってた。

今《いま》も半分《はんぶん》信《しん》じて半分《はんぶん》疑《うたが》って、ミナちゃんを試《ため》そうとしてる。

いやなことしてるな、ぼくは。

コンコン、と道《みち》の上《うえ》を小石《こいし》が跳《は》ねていった。

振《ふ》り返《かえ》ると、少《すこ》し離《はな》れたうしろから、例《れい》の六年三人《ろくねんさんにん》がニヤニヤしながらこっちを見《み》ていた。

ぼくもミナちゃんも無視《むし》して、前《まえ》を見《み》て歩《ある》き続《つづ》けた。

彼《かれ》らは近《ちか》いような、遠《とお》いような距離《きょり》を保《たも》ちながら、ぼくたちのあとをついてくる。

「おーい妖怪《ようかい》の娘《むすめ》！」

大声《おおごえ》が飛《と》んできた。

「おーいシカトすんなよ妖怪《ようかい》！」

ぼくもミナちゃんも妖怪《ようかい》じゃないから振《ふ》り向《む》かない。

少《すこ》し歩《ある》くスピードを速《はや》めた。

うしろの三人《さんにん》は、ゲラゲラ笑《わら》いながらついてくる。

「コンビニ行《い》こう」

ぼくは言《い》って、早歩《はやある》きでコンビニに入《はい》った。

六年《ろくねん》たちは前《まえ》の駐車場《ちゅうしゃじょう》をうろうろしてたけど、しばらくしたらいなくなってた。

「しつこいよなあ、あいつら」

ミナちゃんが不安《ふあん》そうな顔《かお》をしていたから、わざと明《あか》るく言《い》ったんだけど、ぼくも怖《こわ》くて膝《ひざ》が震《ふる》えてた。

コンビニを出《で》てあたりを見渡《みわた》すと六年《ろくねん》の姿《すがた》は見《み》えなくて、ほっとした。

二人《ふたり》とも無言《むごん》のまま鳥居《とりい》まで歩《ある》いて、石段《いしだん》を上《のぼ》る。

上《のぼ》りきったら、六年《ろくねん》たちが待《ま》ち構《かま》えてた。

「おっせーんだよ」

持《も》っていた木《き》の枝《えだ》をぼくらの方《ほう》に投《な》げてきた。

境内《けいだい》は鳥《とり》の鳴《な》き声《ごえ》も聞《き》こえないくらいに静《しず》まり返《かえ》ってる。

こんなときに限《かぎ》って、大人《おとな》は誰《だれ》も通《とお》らない。

ジジイ、大事《だいじ》なときにいないのかよって。

「走《はし》ろうミナちゃん！」

ぼくは彼女《かのじょ》の手《て》を引《ひ》いて走《はし》りだした。

林《はやし》の中《なか》に入《はい》ればあいつらは追《お》ってこられないはずなんだ。

追《お》いかけてきたってあんなやつら、山《やま》の中《なか》で迷《まよ》ってしまえばいいんだ。

「はいとーせんぼー」

おどけながら手《て》を広《ひろ》げて前《まえ》をふさいだ六年《ろくねん》の手《て》を弾《はじ》くようにして通《とお》り抜《ぬ》けた。

「いってー！　なんだおまえ！」

「逃《に》げんなこら！」

六年《ろくねん》たちが追《お》ってくる。

ミナちゃんの足《あし》は遅《おそ》くて、ぼくが手《て》を引《ひ》っ張《ぱ》ってもなかなか思《おも》うように走《はし》れない。

林《はやし》に向《む》かって、あと少《すこ》しってところで追《お》いつかれて、うしろから突《つ》き飛《と》ばされてぼくは転《ころ》んでしまった。

「いってえ……」

膝《ひざ》をすりむいて、血《ち》が滲《にじ》んでる。

「大丈夫《だいじょうぶ》？」

ミナちゃんが駆《か》け寄《よ》ってきた。

「いいから。ぼくは大丈夫《だいじょうぶ》」

ぼくは立《た》ち上《あ》がって服《ふく》についた土《つち》を払《はら》う。

「ダメだよ、傷《きず》は洗《あら》わないといけないんだよ」

ミナちゃん、ぼくの心配《しんぱい》なんかいいんだよ……。

「だっせ」

六年《ろくねん》たちはニヤニヤ笑《わら》いながら、ゆっくり近《ちか》づいてきた。

「今日《きょう》はあの生意気《なまいき》なデカ女《おんな》いねーのかよ」

リリのことを言《い》ってる？

「おめーは妖怪《ようかい》の娘《むすめ》のくせに学校《がっこう》くんな」

言《い》いながらミナちゃんの頭《あたま》を小突《こづ》く。

「ちげーし、砂《すな》かけばばあだしコイツ」

「けえれ！　妖怪《ようかい》の里《さと》にけえれ！」

六年《ろくねん》たちはそんなふうに囃《はや》し立《た》てながらミナちゃんの髪《かみ》を引《ひ》っ張《ぱ》った。

「やめろよ！」

ぼくは叫《さけ》んだ。

女《おんな》の子《こ》に暴力《ぼうりょく》を振《ふ》るうなんて最低《さいてい》だこいつら。

「なんだお前《まえ》」

「かっこつけてんじゃねーよ」

うしろから、ぼくのランドセルに蹴《け》りをいれてきた。

「やんのかこら」

一番《いちばん》体《からだ》のでかいやつがぼくの足《あし》を払《はら》い、ぼくは無様《ぶざま》にその場《ば》に尻《しり》もちをついた。

「はは、よっわ」

やり返《かえ》せなかった。

喧嘩《けんか》なんてしたことないし、六年三人相手《ろくねんさんにんあいて》に腕力《わんりょく》でどうにかする自信《じしん》も気力《きりょく》もなかった。

ただ理不尽《りふじん》な暴力《ぼうりょく》に耐《た》えて、六年《ろくねん》が飽《あ》きて去《さ》っていくのを待《ま》つことしかできない。

傍《そば》ではミナちゃんが、泣《な》いてた。

ぼくも泣《な》いた。

自分《じぶん》が情《なさ》けなくて、くやしくて。

「おい泣《な》いてっぞコイツ」

「子泣《こな》きじじいなんじゃねーの」

「子泣《こな》き！　子泣《こな》きじじい！　夢見《ゆめみ》るぞ！　ぎゃははは！」

ぼくは泣《な》きながらも、こいつら意外《いがい》と妖怪《ようかい》に詳《くわ》しいな、とか考《かんが》えてた。

「なにやってんの！」

声《こえ》がした。

「リリちゃん……」

涙声《なみだごえ》でミナちゃんが名前《なまえ》を呼《よ》んだ。

「なんだおめー」

「ノゾミくんに手《て》を出《だ》さないで！」

リリは六年《ろくねん》たちを睨《にら》みつけながら、林《はやし》の方《ほう》からゆっくりと歩《ある》いてくる。

「ノゾミっつーのお前《まえ》。女《おんな》みたいな名前《なまえ》」

「女《おんな》だから泣《な》いてんじゃねーの」

言《い》いながらまたランドセルを蹴《け》ってきた。

「やめろよ！」

リリが駆《か》け寄《よ》ってきて、ぼくを蹴《け》った六年《ろくねん》の手首《てくび》を掴《つか》んだ。

「なんだコイツ……」

六年《ろくねん》たちがリリを囲《かこ》んでいた。

ダメだよリリ、喧嘩《けんか》とかしちゃ。リリは女《おんな》の子《こ》なんだし、相手《あいて》は六年《ろくねん》……。

「なんだよこの手《て》は」

「帰《かえ》れ！」

「ハア？」

「帰《かえ》れって言《い》ってんだよ！」

「何命令《なにめいれい》してんだよ五年《ごねん》のくせに」

「帰《かえ》らないなら……」

「帰《かえ》らないなら何《なに》」

六年《ろくねん》の一人《ひとり》がまたぼくを蹴《け》ってきた。

その蹴《け》りはランドセルを滑《すべ》ってぼくの頭《あたま》に当《あ》たった。

ガツンと衝撃《しょうげき》がきて、鼻《はな》の奥《おく》でつんとしたにおいがした。

「いてててててててててて！！」

叫《さけ》んだのはリリに手首《てくび》を掴《つか》まれてた六年《ろくねん》だった。

彼《かれ》の腕《うで》はリリに片手《かたて》で捻《ひね》り上《あ》げられてた。

「てめえー！」

ぼくに足払《あしばら》いを掛《か》けたやつが、リリに掴《つか》みかかろうとしたそのとき、ぶわっ、と強《つよ》い風《かぜ》が吹《ふ》いた。

ぼくは目《め》をつぶった。

細《こま》かい土《つち》ぼこりが頬《ほお》を叩《たた》いた。

袖口《そでぐち》で目《め》をこすって、目《め》を開《あ》けたら、そこには——。

リリの髪《かみ》が風《かぜ》に吹《ふ》かれてるみたいに広《ひろ》がって目《め》が釣《つ》り上《あ》がって、耳《みみ》の先《さき》がとがって、口《くち》から牙《きば》が覗《のぞ》いて、前髪《まえがみ》の……前髪《まえがみ》の上《うえ》に、ツノが二《に》本《ほん》……！

「ぎゃ――――――――！！！！！」

六年《ろくねん》たちの悲鳴《ひめい》。

リリの長《なが》い手足《てあし》がぶわっと舞《ま》ったかと思《おも》うと、六年《ろくねん》たちは次々《つぎつぎ》と、弾《はじ》かれるように石段《いしだん》の方《ほう》へ転《ころ》がっていった。

自分《じぶん》から転《ころ》がっていったのか、リリの、なにかの力《ちから》でふっとんだのかはわからない。

でもぼくの理解《りかい》を超《こ》えたなにかが、目《め》の前《まえ》で起《お》こっていた。

三人《さんにん》は「あー！　ああー！」みたいな悲鳴《ひめい》を上《あ》げながら、石段《いしだん》をまるで転《ころ》がり落《お》ちるみたいに駆《か》け下《お》りていった。

悲鳴《ひめい》がだんだん遠《とお》くなって、神社《じんじゃ》に鳥《とり》の声《こえ》が戻《もど》ってきた。

なにが起《お》こったのかわからなくて、ぼくは――。

リリを見《み》ていた。

ミナちゃんも、泣《な》くのも忘《わす》れて口《くち》を開《あ》けて、リリを見《み》て目《め》を丸《まる》くしていた。

リリの姿《すがた》は樹々《きぎ》の間《あいだ》から射《さ》すオレンジ色《いろ》の光《ひかり》に縁取《ふちど》られて、白《しろ》い肌《はだ》が一層《いっそう》白《しろ》く、瞳《ひとみ》は赤《あか》い光《ひかり》を帯《お》びて、結《むす》んだ口《くち》の端《はし》から牙《きば》がわずかに覗《のぞ》く。

ぼくはリリを美《うつく》しいと思《おも》った。きれいだと思《おも》った。

これが、妖怪《ようかい》の娘《むすめ》であるリリが、ぼくたちを助《たす》けるために見《み》せてくれた本当《ほんとう》の姿《すがた》なんだ。

うれしいような、誇《ほこ》らしいような気分《きぶん》で、蹴《け》られたところなんて痛《いた》まないし、すりむいた膝《ひざ》から血《ち》が出《で》ててもどうでもよくなってた。

「ごめんね」

リリは悲《かな》しそうな顔《かお》をしていた。

ぼくは声《こえ》が出《で》なくて、かすれたような声《こえ》しか出《だ》すことができなくて、とにかく顔《かお》を横《よこ》にブンブン振《ふ》るしかない。

「あたし、本当《ほんとう》はこんななんだ……」

ぼくはもう一度《いちど》首《くび》を振《ふ》って、

「リリ、きれい……」

そう言《い》うのが精一杯《せいいっぱい》で。

「リリちゃん、かっこいい……」

ミナちゃんが言《い》う。

リリは笑顔《えがお》を返《かえ》した。

ぼくはリリの手《て》を借《か》りて立《た》ち上《あ》がる。

やられっぱなしだったのがちょっとバツ悪《わる》かったけど、リリはそんなこと気《き》にしてないみたいにぼくのことを気遣《きづか》ってくれた。

「見《み》て、すごい」

ミナちゃんが空《そら》を見上《みあ》げる。

燃《も》えるような夕焼《ゆうや》けで、青《あお》とかピンクとか黄色《きいろ》の雲《くも》が流《なが》れてて、ぼくたちは時間《じかん》を忘《わす》れて見入《みい》った。

そのあいだずっと、ぼくはリリの手《て》を離《はな》さなかった。


ぼくとミナちゃんが、リリの本当《ほんとう》の姿《すがた》を知《し》った、その次《つぎ》の日《ひ》だった。

教室《きょうしつ》に入《はい》った瞬間《しゅんかん》から、空気《くうき》がおかしいのに気《き》づいた。

昨日《きのう》のことがあったからリリのことが心配《しんぱい》だったんだけど、まだ来《き》てない。

「え……？」

空席《くうせき》のリリの机《つくえ》に、でっかく「妖怪女《ようかいおんな》」って書《か》いてあった。

最初《さいしょ》はチョークで書《か》いてたみたいで粉《こな》が散《ち》っているその上《うえ》に、黒《くろ》と赤《あか》の絵《え》の具《ぐ》で机《つくえ》いっぱいにガッツリ書《か》いてあった。

ぼくは周囲《しゅうい》を見渡《みわた》す。

みんなチラチラぼくの方《ほう》を見《み》ながら、目《め》をそらしたり、含《ふく》み笑《わら》いしてたり、睨《にら》んでたり。

この中《なか》に書《か》いたやつがいて、みんなそれを知《し》っていて、黙《だま》ってるんだ。

予鈴《よれい》が鳴《な》った。

この時間《じかん》までにリリが来《こ》なかったことなんてなかったから、たぶん今日《きょう》も来《こ》ないんだ。

女子《じょし》の一人《ひとり》が濡《ぬ》れたぞうきんを持《も》ってきて、机《つくえ》の落書《らくが》きを消《け》そうとした。

「消《け》しちゃダメだ」

ぼくは言《い》った。

「えっ？」

「これは証拠《しょうこ》なんだ。先生《せんせい》に見《み》てもらおうよ。先生《せんせい》が来《く》るまで、このままにしておこうよ」

すると何人《なんにん》かが、

「消《け》せよ」

とぼくに詰《つ》め寄《よ》ってきた。

「消《け》さない」

揉《も》み合《あ》いになっているうちに、女子《じょし》の持《も》っていたぞうきんを男子《だんし》が取《と》り上《あ》げて、机《つくえ》をゴシゴシとこすりはじめた。

ぼくは男子《だんし》に阻《はば》まれて、机《つくえ》から引《ひ》き離《はな》されてしまった。

「なんで消《け》すんだよ！」

「おめーは関係《かんけい》ねーだろ！」

「関係《かんけい》あるよ！」

「森沢《もりさわ》は妖怪《ようかい》なんだってよ！」

「リリは妖怪《ようかい》じゃない！」

ぼくは大声《おおごえ》で言《い》った。

ミナちゃんと目《め》が合《あ》った。彼女《かのじょ》はなにか言《い》おうとしているようだったけど、ぼくは目配《めくば》せしながら小《ちい》さく首《くび》を横《よこ》に振《ふ》る。

「六年《ろくねん》が神社《じんじゃ》で、森沢《もりさわ》が妖怪《ようかい》になったのを見《み》たって言《い》ってんだよ」

「そんなの、見間違《みまちが》いに決《き》まってんだろ。ぼくはその場《ば》にいたんだ。六年《ろくねん》がぼくのこと蹴《け》ってきたりして、リリにぶん投《な》げられたんだよ、それをごまかすためにそんな言《い》い訳《わけ》してんだよ！」

「お前転校生《まえてんこうせい》だから知《し》らないだろうけど、あの神社《じんじゃ》の林《はやし》にはなあ、妖怪《ようかい》の家《いえ》があって、妖怪《ようかい》が住《す》んでんだからな！」

「妖怪《ようかい》なんかいないよ！　ぼくはリリの家《いえ》に行《い》ったことあるし、リリのお母《かあ》さんに会《あ》ったことだってあるんだから！　リリのお母《かあ》さんはすっごいきれいな人《ひと》だったよ！」

嘘《うそ》をついた。

リリの本当《ほんとう》のお母《かあ》さんのことなんてぼくは知《し》らないし、そのときぼくの頭《あたま》のなかに浮《う》かんでいたのは、座敷《ざしき》おばさんだった。

「先生来《せんせいき》た！」

廊下《ろうか》を見張《みは》ってた男子《だんし》が叫《さけ》ぶ。

ぼくが言《い》い争《あらそ》いをしている間《あいだ》に机《つくえ》はきれいになっていた。

みんな一斉《いっせい》に、なにごともなかったかのようにばたばたと席《せき》についた。

ぼくもあきらめて、自分《じぶん》の席《せき》につく。

水野先生《みずのせんせい》が教室《きょうしつ》の入口《いりぐち》から顔《かお》を出《だ》して、

「和泉《いずみ》さん」

ぼくを呼《よ》んだ。

「はい」

「一緒《いっしょ》に来《き》てくれる？」

教室内《きょうしつない》がざわつく。

先生《せんせい》は、「自習《じしゅう》しててね」とみんなに言《い》った。

ぼくは先生《せんせい》のうしろを歩《ある》きながら、びくびくしてた。

どう考《かんが》えても昨日《きのう》のことに決《き》まってる。

でもぼくもミナちゃんも被害者《ひがいしゃ》だし、リリだって。

悪《わる》いのはあの六年《ろくねん》の三人組《さんにんぐみ》だ。

なにも恐《おそ》れることはない、なにも。

先生《せんせい》がぼくを連《つ》れて入《はい》ったのは生活指導室《せいかつしどうしつ》だった。

え、ぼくは指導《しどう》されてしまうの？

水野先生《みずのせんせい》はパイプ椅子《いす》にぼくを座《すわ》らせると、テーブルを挟《はさ》んで正面《しょうめん》に座《すわ》った。

「昨日《きのう》、和泉《いずみ》さんは神社《じんじゃ》に行《い》きましたか？」

やっぱりそのことなんだ。

先生《せんせい》はどこまで知《し》ってるんだろう。

「行《い》きました」

「森沢《もりさわ》さんも？」

「いました。ミナちゃんもいました」

「愛川《あいかわ》さんもね」

「はい……」

「六年生《ろくねんせい》の生徒《せいと》が神社《じんじゃ》でね、石段《いしだん》から落《お》ちて怪《け》我《が》をしたっていうんだけど、森沢《もりさわ》さんに突《つ》き飛《と》ばされたって言《い》ってるらしいのね」

「嘘《うそ》です！」

つい声《こえ》が大《おお》きくなってしまった。

先生《せんせい》もびっくりしたみたいで、眼《め》をまん丸《まる》くしてた。

「元気《げんき》ねえ。そんな大《おお》きい声出《こえだ》さなくても大丈《だいじょう》夫《ぶ》ですよ」

先生《せんせい》はやさしかった。

「六年生《ろくねんせい》の子《こ》たちは、君《きみ》とは遊《あそ》んでただけって言《い》ってるみたいなんだけど、ちがうよね？」

「ちがいます。ぼくはミナちゃんと神社《じんじゃ》に行《い》ったら、六年《ろくねん》が待《ま》ち伏《ぶ》せしてきて……」

思《おも》い出《だ》して涙《なみだ》が出《で》てきた。

「……リリちゃんは助《たす》けてくれたんです。リリちゃんは、ぼくに暴力《ぼうりょく》を振《ふ》るった六年《ろくねん》を追《お》い払《はら》ってくれたけど、階段《かいだん》を突《つ》き飛《と》ばしたりはしてません」

「わかってる。森沢《もりさわ》さんがそんなことするわけないものね。ただ、今日《きょう》もお休《やす》みみたいだから、心配《しんぱい》だったの」

ぼくは泣《な》きながら、六年《ろくねん》がミナちゃんをいじめてたことや、前《まえ》にも絡《から》まれてたことを話《はな》した。

「……そう。ごめんね、気《き》がつかなくて」

先生《せんせい》がくれたポケットティッシュで、ぼくは涙《なみだ》と鼻水《はなみず》をふいた。

「和泉《いずみ》さんの方《ほう》に怪我《けが》は？」

ぼくは首《くび》を横《よこ》に振《ふ》った。

膝《ひざ》の怪我《けが》はあるけど、もうかさぶたになってて痛《いた》みもない。

「森沢《もりさわ》さん、どんな様子《ようす》だった？」

「ようす……」

ぼくがうつむいて黙《だま》っていると、

「なにか気《き》づいたことがあったら話《はな》してくれるかな？」

先生《せんせい》は言《い》った。

クラスであやかが悪口《わるくち》を言《い》ってることや、孤立《こりつ》してること、今朝《けさ》の机《つくえ》の落書《らくが》きのことを話《はな》した。

告《つ》げ口《ぐち》みたいでいやだったけど、全部話《ぜんぶはな》した。

「そうだったの……」

先生《せんせい》はため息《いき》をついて、「このあたりは妖怪《ようかい》の話《はなし》が多《おお》いからね。そういういじめがときどき起《お》こるのね……」

リリの正体《しょうたい》のことは話《はな》しても信《しん》じてもらえないだろうな。

「ありがとう、話《はな》してくれて。このことは、先生《せんせい》たちがちゃんとするから、大丈夫《だいじょうぶ》だからね。……森沢《もりさわ》さんもいろいろ大変《たいへん》だと思《おも》うけど、でも和泉《いずみ》さんや愛川《あいかわ》さんのような友《とも》だちがいれば、乗《の》り切《き》れると思《おも》うんだ。これからも友《とも》だちとして、彼女《かのじょ》を見守《みまも》ってあげてね」

「はいっ」

勢《いきお》い良《よ》く返事《へんじ》はしたものの、ぼくはこのままだとリリはもう学校《がっこう》に来《こ》ないいんじゃないかって、そんな気《き》がしていた。

学校《がっこう》が終《お》わってから、ぼくはリリの家《いえ》をたずねた。

もしかして昨日《きのう》の鬼《おに》の姿《すがた》のままなのかな、だから今日《きょう》休《やす》んだのかな、とか思《おも》ったけど、リリはいつものリリだった。

「これ、昨日《きのう》、ミナちゃん渡《わた》し忘《わす》れたみたいだから」

参観日《さんかんび》のプリントを手渡《てわた》した。

「ああ、ありがとう。でもうちは、ほら」

「そっか……」

「せっかく持《も》ってきてくれたのに、なんかごめんね」

リリはプリントを何回《なんかい》も折《お》って、小《ちい》さく小《ちい》さく折《お》りたたんでぎゅっと手《て》の中《なか》に握《にぎ》りしめてしまった。

「明日《あした》、学校《がっこう》来《く》るよね……？」

「……わかんない」

リリは寂《さび》しそうに笑《わら》う。

沈黙《ちんもく》が流《なが》れる。

ここで今《いま》リリと別《わか》れたら、二度《にど》と会《あ》えないような気《き》がした。

リリはもう学校《がっこう》に来《こ》ないつもりかもしれない。

妖怪《ようかい》の里《さと》に帰《かえ》ってしまうのかもしれない。

ぼくは明日《あした》以降《いこう》の学校行事《がっこうぎょうじ》を思《おも》い出《だ》して、学芸会《がくげいかい》の劇《げき》を一緒《いっしょ》にやろうとか、秋《あき》の遠足楽《えんそくたの》しみだねとか、そんなことを一生懸命《いっしょうけんめい》に話《はな》したんだけど、リリはどのことにも乗《の》り気《き》ではないように見《み》えた。

「……ねえ、リリ」

「なに？」

「……リリのお母《かあ》さん、参観日《さんかんび》に来《き》てくれないかな」

リリは少《すこ》しの間考《あいだかんが》えて、

「……それは無理《むり》だと思《おも》う」

と寂《さび》しそうに答《こた》えた。

「聞《き》いてみたら？　聞《き》かなきゃわかんないじゃん」

「無理《むり》だよ」

「通話《つうわ》とか、連絡先《れんらくさき》ないの？」

「知《し》らない。住所《じゅうしょ》しか知《し》らないの」

「どこにいるのかはわかるんだね」

「うん……」

「じゃ会《あ》いに行《い》けばいいよ」

「そんな簡単《かんたん》にいかないよ、遠《とお》いんだもん」

「どこに住《す》んでるの？」

「東京《とうきょう》」

「東京《とうきょう》かあ……」

遠《とお》かった。いろんな意味《いみ》で遠《とお》かった。

でも遠足《えんそく》や学芸会《がくげいかい》より、リリの気持《きも》ちが動《うご》いてると思《おも》ったから、ここでひと押《お》しすれば、学校《がっこう》に来《く》ることを前向《まえむ》きに考《かんが》えてくれるかもしれない。

「……リリ、ぼくも一緒《いっしょ》に行《い》くから、東京行《とうきょうい》こうよ」

「ええ？」

「会《あ》いに行《い》こう、お母《かあ》さんに」

「だって、遠《とお》いんだよ？　東京《とうきょう》だよ？」

「遠《とお》いけど、電車《でんしゃ》に乗《の》れば行《い》けるよ。ぼく、お母《かあ》さんと行《い》ったことある。新幹線《しんかんせん》も乗《の》ったことあるよ」

「あたしたちだけじゃ迷子《まいご》になっちゃうよ」

「大丈夫《だいじょうぶ》！　ぼくが案内《あんない》するから！　東京《とうきょう》行《い》ったことあるから！」

ほんとはお母《かあ》さんと一緒《いっしょ》に親戚《しんせき》の家《いえ》に行《い》く途中《とちゅう》、東京駅《とうきょうえき》で新幹線《しんかんせん》に乗《の》り換《か》えただけだった。駅《えき》の外《そと》には出《で》てないし、だから東京《とうきょう》を案内《あんない》なんてできるはずがないけど、スマホのマップを見《み》ながら行《い》けばどうにか大丈夫《だいじょうぶ》なはず。

「……ありがとう。ノゾミくんの気持《きも》ちだけで、うれしいよ」

「リリ、ぼく本気《ほんき》で言《い》ってるよ。リリは妖怪《ようかい》の里《さと》から人間《にんげん》の町《まち》まで来《き》たくらいなんだから、それにくらべたら東京《とうきょう》行《い》くなんてどうってことないよ」

「でも、東京《とうきょう》行《い》くのはすごいお金《かね》かかるの。あたしの小遣《こづか》いじゃとてもたりないの」

「ぼくが出《だ》す！」

とかっこつけた感《かん》じで言《い》ってみたけど声《こえ》が裏返《うらがえ》ってた。


ぼくが出《だ》すとは言《い》ったものの、東京《とうきょう》まで子供《こども》二人《ふたり》で行《い》くのにいったいいくらかかるんだろう。

自分《じぶん》の部屋《へや》でおやつを食《た》べながら、スマホで交通費《こうつうひ》を調《しら》べる。

ポックルも来《き》てて、おやつの皿《さら》にさっきから遠慮《えんりょ》なしに手《て》を伸《の》ばしていた。

「ねえ、ポックル」

「あん？」

「妖怪《ようかい》の力《ちから》でさ、ここから東京《とうきょう》までぽーんと行《い》けないの？　一反木綿《いったんもめん》に乗《の》ってぴゃーっとかさ」

「なんかノゾミ、最近遠慮《さいきんえんりょ》なくなってない？」

「ぼくのおやつバクバク食《く》ってる妖怪《ようかい》になにか遠慮必要《えんりょひつよう》？」

「全部《ぜんぶ》は食《く》ってねーじゃん！　ちゃんとお前《まえ》のぶん残《のこ》してんじゃん」

「その残《のこ》してやってるみたいなのなに！　全部《ぜんぶ》ぼくのじゃんもともと！」

「まあ、いろいろとお菓子《かし》食《く》わしてもらってるから、俺《おれ》もちょっとは協力《きょうりょく》してやろうじゃん」

「東京行《とうきょうい》く方法《ほうほう》ある？」

「いやそれはねーけど」

「なんだよ。協力《きょうりょく》とか言《い》って。なにもできないいんじゃん」

「お前妖怪《まえようかい》の力《ちから》を舐《な》めるなよ」

「どーしてくれるのさ」

「俺《おれ》も一緒《いっしょ》に行《い》ったるわい」

「いいよ別《べつ》に」

「なんで」

「荷物《にもつ》が増《ふ》えるだけだよそんなの。だいたい妖怪《ようかい》って電車何料金《でんしゃなにりょうきん》？　子供《こども》？　大人《おとな》？　妖怪料金《ようかいりょうきん》とかあるの？」

「妖怪《ようかい》が電車《でんしゃ》乗《の》るのに切符《きっぷ》なんか買《か》わんわ」

「だいたいなんのために行《い》くのさ」

「お前《まえ》らのボディガードじゃ」

「いらないよ、そんなの」

「はあー？　俺《おれ》がいたほうが絶対《ぜったい》いいと思《おも》うんですけど？」

「ボディガードが必要《ひつよう》な状況《じょうきょう》になんてならないでしょ」

「そいつはどうかな」

「え？」

「だってお前《まえ》。考《かんが》えてもみろ。リリはなぁ、妖怪《ようかい》の長《おさ》のひとり娘《むすめ》だぞ？　姫《ひめ》よ姫《ひめ》。お姫様《ひめさま》になんかあったらお前《まえ》、どう責任取《せきにんと》るんじゃい」

「なんかあったらって、なに？」

「敵《てき》の妖怪《ようかい》に狙《ねら》われるかもしれんじゃろがい」

「え、敵《てき》の妖怪《ようかい》とかいるの？」

「いやいないけど」

「いないんじゃん！」

「わからんじゃろがい！」

「じゃあ、ぼくが全力《ぜんりょく》で守《まも》る！」

「お前《まえ》に何《なに》ができるんじゃ」

「なんだってできるよ。もう五年生《ごねんせい》なんだよ。あと一年半《いちねんはん》で子供料金《こどもりょうきん》も終《お》わるんだよ」

「つーかノゾミ、お前東京行《まえとうきょうい》く金《かね》なんかあんのかよ」

スマホのアプリが電車料金《でんしゃりょうきん》を教《おし》えてくれた。

子供二人東京往復《こどもふたりとうきょうおうふく》、いくつか表示《ひょうじ》されたルートを比《くら》べて、一番安《いちばんやす》く行《い》けるのでも、

「一人往復五千円《ひとりおうふくごせんえん》かあ……」

二人《ふたり》だと一万円《いちまんえん》もかかる。

ぼくには貯金《ちょきん》があった。

お年玉《としだま》とか小遣《こづか》いを貯《た》めた貯金《ちょきん》だ。

本棚《ほんだな》の奥《おく》に隠《かく》してある貯金箱《ちょきんばこ》を手《て》に取《と》った。

底《そこ》のキャップを取《と》って箱《はこ》を振《ふ》ると、丸《まる》い穴《あな》から小銭《こぜに》がジャラジャラ落《お》ちてきた。

小銭《こぜに》を全部《ぜんぶ》出《だ》すと、中《なか》に折《お》り曲《ま》げたお札《さつ》が引《ひ》っかかってるのが見《み》える。

「ほう。結構《けっこう》持《も》っとるやんけワレ」

「ポックルには関係《かんけい》ないよ」

ぼくは指《ゆび》を突《つ》っ込《こ》んで、お札《さつ》を全部《ぜんぶ》出《だ》して、きれいにシワを伸《の》ばして、床《ゆか》の上《うえ》に並《なら》べた。五百円玉《ごひゃくえんだま》、百円玉《ひゃくえんだま》、五十円玉《ごじゅうえんだま》……硬貨《こうか》ごとに積《つ》み重《かさ》ねて……。

一万九百五十二円《いちまんきゅうひゃくごじゅうにえん》。

ギリ。ギリ行《い》ける。

ほんとはゲーム機《き》買《か》おうと思《おも》って貯《た》めてたんだけど、リリと一緒《いっしょ》に東京《とうきょう》に行《い》くためになら全《ぜん》部《ぶ》使《つか》ったっていいんだ。

東京《とうきょう》へ行《い》く

昼《ひる》の時間《じかん》が短《みじか》くなってきている。

水野先生《みずのせんせい》が「秋《あき》の日《ひ》はつるべ落《お》とし」って言葉《ことば》を教《おし》えてくれた。

あっという間《ま》に日《ひ》が暮《く》れるっていう意味《いみ》の言葉《ことば》なんだって。

ぼくは最初《さいしょ》「つるべ」がわかんなくて、何《なん》のことかと思《おも》ってたけど「つるべ」とは井戸《いど》で水《みず》を汲《く》むためのバケツのことらしい。

日《ひ》が暮《く》れるのも早《はや》くなったし、夜《よ》が明《あ》けるのも遅《おそ》くなったし、なにより朝《あさ》が寒《さむ》い。

リリはあのあとも学校休《がっこうやす》んでて、ぼくは毎日彼女《まいにちかのじょ》の家《いえ》に行《い》って、東京《とうきょう》に行《い》く計画《けいかく》について話《はな》した。

二人《ふたり》で話《はな》すだけで楽《たの》しかったけど、計画《けいかく》は実行《じっこう》してこそだ。

今日《きょう》、リリと二人《ふたり》で東京《とうきょう》に行《い》く。

日曜日《にちようび》の早朝《そうちょう》だった。

リリは駅前《えきまえ》の待《ま》ち合《あ》わせ場所《ばしょ》に、ぼくより先《さき》に来《き》てた。

「おはよう！」

ぼくは元気《げんき》に挨拶《あいさつ》。

「おはよう」

リリはちょっと照《て》れくさそうに答《こた》えた。

いつもよりおしゃれしてるリリを見《み》て、ぼくはドキドキしながら、なにか言《い》ったほうがいいのかなって言葉《ことば》を探《さが》してたら、

「ポックルもいるの」

リリのうしろからポックルが現《あらわ》れた。

「えーなんでいるの……」

せっかくリリと二人《ふたり》でと思《おも》ったのに、まさかほんとについてくるなんて空気読《くうきよ》んでよ……。

「ボディガードってやつだわ。お前《まえ》からリリを守《まも》らないとな」

「なんでだよ。リリを守《まも》るのはぼくだろ」

「ノゾミに何《なに》ができるっての」

「ポックルだって何《なに》ができるんだよ」

まわりに誰《だれ》もいないので、ぼくたちは遠慮《えんりょ》なく言《い》い合《あ》っていた。

「二人《ふたり》とも｜、急《いそ》がないと電車《でんしゃ》来《き》ちゃうよ」

リリに怒《おこ》られて一時休戦《いちじきゅうせん》、Ｓｕｉｃａ《スイカ》にチャージしにいく。

ぼくが財布《さいふ》を出《だ》して東京《とうきょう》までのお金《かね》を数《かぞ》えていると、リリは自分《じぶん》で東京《とうきょう》まで行《い》って帰《かえ》ってくるだけのお金《かね》をさっさとチャージしてた。

「ぼくが出《だ》すって言《い》ったのに……」

「東京行《とうきょうい》きたいって言《い》ったらくれたの」

「なんて言《い》ってきたの？」

「ノゾミくんとデートって言《い》った」

「えっ！」

そんな、これやっぱデートなのかな、えっえっ。

「嘘《うそ》だよ。友《とも》だちとお買《か》い物《もの》に行《い》くって言《い》った」

顔《かお》が赤《あか》くなってるのが自分《じぶん》でもわかる。

ポックルがなにか気《き》になる様子《ようす》で駅《えき》のまわりをうろうろして落《お》ち着《つ》かない。

「どうしたのポックル」

「まさか長《おさ》にばれてねえだろうなと思《おも》ってよ……」

「ばれたらまずいの？」

「そりゃまずいだろ、男《おとこ》と旅行《りょこう》なんて」

「そんなんじゃないよ」

「わかんねえぞ、長《おさ》のアンテナはあなどれねえからな」

「え、アンテナがあるの？」

ぼくはリリのお父《とう》さんの頭《あたま》に、ツノの代《か》わりに長《なが》いアンテナが生《は》えているのを想像《そうぞう》してしまった。

「スパイがいるってことだよ」

「それポックルのことじゃないの？」

「俺《おれ》はいつでもリリとノゾミの味方《みかた》じゃろがい！」

「そうだったっけ……？」

「ちょっと、早《はや》くしないと、電車来《でんしゃき》ちゃうよ」

リリに急《せ》かされて、ぼくたちは改札《かいさつ》へと走《はし》った。

早朝《そうちょう》なのに電車《でんしゃ》には思《おも》ったよりお客《きゃく》さんが乗《の》っている。

ぼくとリリはボックス席《せき》に向《む》かい合《あ》わせで座《すわ》った。

リリと話《はな》しながらだと、長《なが》い道《みち》のりも短《みじか》く感《かん》じる。

乗《の》り換《か》えの駅《えき》で待《ま》ったり、ホームでご飯食《はんた》べたりしながら、ぼくたちは予定通《よていどお》り、十時半《じゅうじはん》には
JR新宿駅《しんじゅくえき》に着《つ》いた。

電車《でんしゃ》を降《お》りて、駅《えき》の案内《あんない》を頼《たよ》りに小田急線《おだきゅうせん》の新宿駅《しんじゅくえき》まで歩《ある》く。

ポックルは不意《ふい》にぼくの背負《せお》ったリュックに飛《と》び乗《の》った。

「なん、なに？　なに？」

急《きゅう》に背中《せなか》が重《おも》くなったので足元《あしもと》がふらつく。

「中《なか》に隠《かく》れさせてもらうぜ」

そう言《い》ってリュックのジッパーを開《ひら》いて、中《なか》に潜《もぐ》り込《こ》む。

「どうしたの？」

リリが不思議《ふしぎ》そうにぼくを見《み》た。

「いま、ポックルがぼくのリュックに入《はい》ってきたんだ」

「なんかよ、姿《すがた》を隠《かく》してるのに、ときどき俺《おれ》のことが見《み》えてるっぽいやつがいて、ジロジロ見《み》てくんだよ」

ポックルはリュックから顔《かお》の上半分《うえはんぶん》を覗《のぞ》かせて、あたりを警戒《けいかい》している。

「こんな都会《とかい》にも妖怪《ようかい》が見《み》える人《ひと》がいるの？」

「これぱっかりは都会《とかい》も田舎《いなか》も関係《かんけい》ねえ。素質《そしつ》だな。お前《まえ》だってよノゾミ、都会育《とかいそだ》ちでも俺《おれ》たちが見《み》えてただろ？」

そんなもんかと思《おも》ったけど、こんなにいっぱい人《ひと》がいる中《なか》でポックルと話《はな》すわけにもいかないし、隠《かく》れてくれたほうが都合《つごう》がいい。

駅《えき》の中《なか》はすごい数《かず》の人《ひと》が歩《ある》いていて、その流《なが》れに乗《の》らないとうまく進《すす》めない。ホームに続《つづ》く階《かい》段《だん》からどんどん人《ひと》がわいてくる。

新宿駅《しんじゅくえき》からは、小田急線《おだきゅうせん》に乗《の》ればあとは目的地《もくてきち》の駅《えき》まで一本《いっぽん》だ。

ロマンスカーに乗《の》りたかったけど、普通料金《ふつうりょうきん》の他《ほか》に特急料金《とっきゅうりょうきん》がかかるし、ここは普通《ふつう》の電車《でんしゃ》に乗《の》るのだ。

「きっぷ買《か》ってくるね」

リリは切符売《きっぷう》り場《ば》へ向《む》かった。

あれ？　チャージしたんじゃ？　と思《おも》ったけど、それよりぼくはどのホームでどの電車《でんしゃ》に乗《の》れば最速《さいそく》で目的地《もくてきち》に着《つ》くのかを必死《ひっし》になって探《さが》していた。

案内《あんない》するなんて大口叩《おおくちたた》いてしまったことを後悔《こうかい》するくらい、小田急線《おだきゅうせん》は各駅停車《かくえきていしゃ》とか快速急行《かいそくきゅうこう》とか特急《とっきゅう》とかいろいろあってわけがわからない。

リリが戻《もど》ってきたので改札《かいさつ》を通《とお》り、さも「知《し》ってます」みたいに発車時刻《はっしゃじこく》の電光掲示板《でんこうけいじばん》を見《み》て、「快速《かいそく》か……」とか呟《つぶや》きつつホームに出《で》る階段《かいだん》を上《のぼ》ろうとすると、

「こっちだよ」

リリが手招《てまね》く。

「そ、そっちはロマンスカーのホームでは……？」

そしたらリリが、

「はい」

ときっぷをぼくに手渡《てわた》した。

「これは……」

ロマンスカーの特急券《とっきゅうけん》じゃん！

「あげる」

「いいの？」

「うん」

「ありがとう！　ぼく乗《の》ってみたかった！」

ぼくたちが東京《とうきょう》まで乗《の》ってきた電車《でんしゃ》とちがって、ロマンスカーは一人《ひとり》で座《すわ》る椅子《いす》が通路《つうろ》を挟《はさ》んで二《ふた》つずつ並《なら》んでる。

隣同士《となりどうし》の席《せき》は取《と》れなくて、ぼくたちは通路《つうろ》を挟《はさ》んで座《すわ》った。

発車前《はっしゃまえ》にリリと話《はな》していたら、ぼくの隣《となり》に座《すわ》っていたおじさんが席《せき》を譲《ゆず》ってくれて、ぼくたちは二人並《ふたりなら》んで座《すわ》ることができた。

リリが窓側《まどがわ》、ぼくは通路側《つうろがわ》に座《すわ》って、なんか距離《きょり》が近《ちか》くて緊張《きんちょう》する。

しばらく走《はし》って、電車《でんしゃ》が駅《えき》でもなんでもないところで急《きゅう》に停《と》まった。

「なんだ？」

ポックルが周囲《しゅうい》を見渡《みわた》す。

ぼくとリリも窓《まど》の外《そと》をしきりに見《み》たりして落《お》ち着《つ》かなかった。

見《み》たって何《なに》も変《か》わらないし、景色《けしき》は止《と》まったままだ。

車掌《しゃしょう》さんの放送《ほうそう》が、「カセンにヒライブツが引《ひ》っかかっていて」みたいなことを言《い》ってて、とにかくしばらくお待《ま》ちくださいと。

「まさか、妖怪《ようかい》が邪魔《じゃま》してるんじゃないだろうな」

膝《ひざ》の上《うえ》に載《の》せたリュックから、ポックルがぼそっと囁《ささや》いた。

「まさか、そんな」

ぼくも限界《げんかい》まで小《ちい》さい声《こえ》で話《はな》す。

「いやー長《おさ》ならやりかねないぜ、言《い》うこと聞《き》く妖怪《ようかい》なんていくらでもいるからな」

「でも、いくらなんでも、電車止《でんしゃと》めるなんてさ」

「架線《かせん》に飛来物《ひらいぶつ》なんてよ、一反木綿《いったんもめん》じゃねえのか」

十分《じっぷん》、二十分《にじっぷん》と時間《じかん》がたつにつれて、だんだん車内《しゃない》が不穏《ふおん》な空気《くうき》になっていく。

電話《でんわ》で遅刻《ちこく》の連絡《れんらく》をして頭《あたま》を下《さ》げてる人《ひと》とか、急《いそ》いでる人《ひと》は通《とお》りかかった車掌《しゃしょう》さんに文句《もんく》言《い》ったり。何《なに》も言《い》わない人《ひと》たちも、ため息《いき》が大《おお》きくなっていった。

ぼくも例外《れいがい》ではない。

早《はや》くしないと、リリがお母《かあ》さんに会《あ》う時間《じかん》がなくなっていくのだ。

意味《いみ》もなく立《た》ち上《あ》がったり窓《まど》の外《そと》をしきりに見《み》ているぼくに、リリが言《い》った。

「あたしたちが焦《あせ》ったって、電車《でんしゃ》が動《うご》くわけじゃないんだから。お話《はなし》でもしながら待《ま》ちましょ」

リリは大人《おとな》だ。

「まさか、ほんとに一反木綿《いったんもめん》？」

そんなわけないと思《おも》いながら、聞《き》いてしまった。

「ちょっと様子《ようす》見《み》てくるか」

ポックルが行《い》こうとしたとき、飛来物《ひらいぶつ》の処理《しょり》が終《お》わってもうすぐ発車《はっしゃ》するというアナウンスが入《はい》った。

電車《でんしゃ》はやっと動《うご》き出《だ》して、目的地《もくてきち》の駅《えき》に三十《さんじっ》分遅《ぷんおく》れで到着《とうちゃく》した。

やっぱり、妖怪《ようかい》が邪魔《じゃま》してたわけじゃないんだ。これくらいの遅《おく》れはたまにあるってまわりの大人《おとな》が話《はな》してるのを聞《き》いた。

ところがぼくたちは、ほんとに妖怪《ようかい》に邪魔《じゃま》されてるんじゃないかと思《おも》うくらい、駅《えき》を出《で》てから延々《えんえん》と道《みち》に迷《まよ》ってしまった。

歩《ある》いても歩《ある》いても、目的地《もくてきち》にたどり着《つ》かないのだ。

スマホのマップではリリのお母《かあ》さんの家《いえ》の近《ちか》くまで来《き》たはずなのに、地図《ちず》に書《か》いてあるのと建《たて》物《もの》が全然《ぜんぜん》ちがう。

「あれー？」

周辺《しゅうへん》には住宅街《じゅうたくがい》なんかなくて、工場《こうじょう》みたいな建物《たてもの》が建《た》っていた。

電柱《でんちゅう》に貼《は》り付《つ》いてる看板《かんばん》を見《み》ると、書《か》かれている町《まち》の名前《なまえ》も番地《ばんち》もまるでちがう。

「なんでー？」

昔《むかし》、山道《やまみち》を歩《ある》く旅人《たびびと》を道《みち》に迷《まよ》わせる妖怪《ようかい》がいたって読《よ》んだことがある。

それが現代《げんだい》に甦《よみがえ》って、スマホのマップを書《か》きかえてるんじゃないのっていうくらい、ぼくは明後日《あさって》の方向《ほうこう》にリリを案内《あんない》してしまっていた。

「見《み》せて」

リリがぼくのスマホを覗《のぞ》き込《こ》んだ。

体温《たいおん》を感《かん》じるくらい近《ちか》くに顔《かお》を寄《よ》せてきたので、ぼくは顔《かお》から汗《あせ》。

「……これ、反対側《はんたいがわ》じゃないのかな、駅《えき》の」

「マジで……」

「一度《いちど》、駅《えき》に戻《もど》ったほうがいいかな」

「急《いそ》いで戻《もど》ろう！」

くるっとターンして、駅《えき》の方《ほう》に引《ひ》き返《かえ》す。

リリは冷静《れいせい》だったけど、ぼくは焦《あせ》っていたのかもしれない。

自然《しぜん》と足《あし》が早《はや》くなっている。

「そんなに急《いそ》がなくても大丈夫《だいじょうぶ》だよ」

「でも、予定《よてい》がどんどん遅《おく》れてるんだ。ごめん、ぼくのせいで」

そうなんだ、ぼくが地図《ちず》を読《よ》み間違《まちが》えたから、リリがお母《かあ》さんに会《あ》える時間《じかん》が――。

ぼくは横断歩道《おうだんほどう》に踏《ふ》み出《だ》した。

点滅《てんめつ》の終《お》わった歩行者信号《ほこうしゃしんごう》が赤《あか》になるのが目《め》に入《はい》ったけど、車《くるま》の信号《しんごう》は青《あお》だし、行《い》っちゃえ。

次《つぎ》の瞬間《しゅんかん》――。

ドーン！

ぼくはなぜかうしろに押《お》し戻《もど》されて、尻《しり》もちをついた。

「いってえ……！」

見上《みあ》げると巨大《きょだい》な壁《かべ》がぼくの前《まえ》に立《た》ちはだかっていた。

「うえ……」

壁《かべ》に埋《う》まった小《ちい》さな目《め》が二《ふた》つ、ぼくを見下《みお》ろしている。

その壁《かべ》のうしろを、でかいトラックがゴウッと低《ひく》い音《おと》を立《た》てて通《とお》り過《す》ぎていった。

急《きゅう》に心臓《しんぞう》がバクバクいった。

今《いま》飛《と》び出《だ》していたら、ぼくは……。

「大丈夫《だいじょうぶ》!?」

リリも驚《おどろ》いたのか、息《いき》が上《あ》がっている。

「うん……」

恐怖《きょうふ》があとからやってきて、膝《ひざ》ががくがくした。

「ぼくの前《まえ》に、壁《かべ》が」

「え?」

リリも見上《みあ》げた。

「ぬりかべじゃねえか!」

ポックルが叫《さけ》んだ。

妖怪《ようかい》ぬりかべ。

前《まえ》にテレビで見《み》た妖怪《ようかい》の映画《えいが》では、「ぬりぬり」としか喋《しゃべ》ってなかったけど、

「安全第一《あんぜんだいいち》。交通《こうつう》ルールを守《まも》りましょう」

どこに口《くち》があるのかわかんないけど、ぬりかべは標語《ひょうご》みたいなことを言《い》って目《め》を細《ほそ》めた。

「お前《まえ》、なんでこんなところに？」

ポックルが聞《き》いた。

「あ、偶然《ぐうぜん》。偶然通《ぐうぜんとお》りかかって」

「んな偶然《ぐうぜん》があるかよ。お前《まえ》、俺《おれ》たちを尾《つ》けてたんじゃねえのか？」

「尾《つ》ける？　なんのためにー？」

「なんのためって、俺《おれ》たちの邪魔《じゃま》をするためだよ」

「なに言《い》ってんだよポックル。ぬりかべは今《いま》助《たす》けてくれたじゃないか」

「まあ……そうだけどよ……でもこれはこれで通《とお》せんぼと見《み》ることもできるし……」

ポックルはしどろもどろになった。

「ありがとう。もう、信号無視《しんごうむし》なんてしないよ」

ぼくは言《い》った。

ぬりかべは、

「ご安全《あんぜん》に」

とニッコリ笑《わら》って消《き》えた。

ぼくは駅《えき》に向《む》かう道《みち》を歩《ある》きながら、考《かんが》えてた。

今日電車《きょうでんしゃ》が止《と》まったのも、地図《ちず》を読《よ》み間違《まちが》えたのも、たまたまだったりぼくがあわててたりしたからなのに心《こころ》の中《なか》で妖怪《ようかい》のしわざなんじゃないかって、ほんの少《すこ》し思《おも》ってた。

なにか悪《わる》いことが起《お》こると、それは妖怪《ようかい》のせいとか、悪霊《あくりょう》がついてるからとか、なにか人《ひと》の力《ちから》の及《およ》ばないもののせいにしがちだけど、世《よ》の中《なか》の悪《わる》い出来事《できごと》はみんな偶然《ぐうぜん》、たまたま起《お》こったことなんだ。

トラックに轢《ひ》かれそうになったのだって、それはなにかのせいとかじゃなくて、ぼくが不注意《ふちゅうい》だったからだ。

「……もしかしてぬりかべは、リリのお父《とう》さんに頼《たの》まれて、リリを見守《みまも》ってたんじゃないかな」

「もしお父《とう》さんがあたしがお母《かあ》さんに会《あ》いに行《い》くことを知《し》ったら、全力《ぜんりょく》で邪魔《じゃま》してくるよ」

「そうかな。今《いま》もどっかで、妖怪《ようかい》がぼくたちを見《み》てるんじゃないかな」

ぼくは空《そら》を見上《みあ》げた。

一反木綿《いったんもめん》でも飛《と》んでいないだろうか、と。

雲《くも》しかなかったけど。

「ノゾミくんはお父《とう》さん知《し》らないからな。お父《とう》さんはそんなことするような……」

「俺《おれ》は、わかる気《き》がするぜ」

ポックルが言《い》った。

「ポックルに何《なに》がわかんのよ」

「長《おさ》の気持《きも》ちだよ」

「なにそれ」

「ま、お前《まえ》らはガキだからな。ガキにゃわかんねんだよ」

「ガキじゃないっ」

リリはポックルの頭《あたま》をコツン、とやった。


ぼくたちは駅《えき》に戻《もど》って、今度《こんど》こそ正《ただ》しい方向《ほうこう》へと歩《ある》いた。

いちいち建物《たてもの》やお店《みせ》の名前《なまえ》、番地《ばんち》の表示《ひょうじ》を見《み》ながら、慎重《しんちょう》に進《すす》んだ。

「今度《こんど》は間違《まちが》いないよ、だってほら、電柱《でんちゅう》」

番地《ばんち》が書《か》いてあった。

この近《ちか》くに、リリのお母《かあ》さんが住《す》んでるんだ。
建《た》ち並《なら》ぶ家《いえ》を一軒一軒《いっけんいっけん》、念入《ねんい》りに確認《かくにん》していく。
道《みち》を挟《はさ》んだ向《む》こう側《がわ》に、きれいな花《はな》で飾《かざ》られた一軒家《いっけんや》があった。
同《おな》じような形《かたち》の家《いえ》が並《なら》ぶ中《なか》で、その家《いえ》だけが一際明《ひときわあか》るく見《み》える。
家《いえ》の前《まえ》にある小《ちい》さな庭《にわ》で、小《ちい》さい子供《こども》が遊《あそ》んでいた。
ぼくはその幸《しあわ》せそうな光景《こうけい》に見《み》とれていたんだけど、
「あの家《いえ》だ……」
リリが呟《つぶや》くように言《い》った。
「わかるの？」
リリは頷《うなず》いて答《こた》えた。
ぼくもリリも、ポックルもだけど、花《はな》の家《いえ》と、遊《あそ》んでる子供《こども》を見《み》つめていた。
玄関《げんかん》の扉《とびら》が開《ひら》いて、赤《あか》ちゃんを抱《だ》いた女《おんな》の人《ひと》が出《で》てきた。
女《おんな》の人《ひと》は笑《わら》いながら子供《こども》の名前《なまえ》を呼《よ》ぶ。
子供《こども》は庭《にわ》を走《はし》り回《まわ》っている。
不意《ふい》に女《おんな》の人《ひと》が顔《かお》を上《あ》げて、こっちを見《み》た。

長《なが》い時間《じかん》だったように思《おも》う。

固《かた》まったみたいに女《おんな》の人《ひと》はこっちを、いや、リリを見《み》てた。

リリは驚《おどろ》いたみたいな、それがだんだん泣《な》きそうな顔《かお》。

「行《い》こっ」

リリはぼくの手《て》を掴《つか》み、グイグイ引《ひ》っ張《ぱ》って足早《あしばや》に歩《ある》き出《だ》した。

「だって、お母《かあ》さんに」

「ちがった」

「え」

「ちがう人《ひと》だった。お母《かあ》さんじゃなかった」

歩《ある》くスピードと同《おな》じくらい早口《はやくち》だった。

その言葉《ことば》が嘘《うそ》だってわかるのは、リリの瞳《ひとみ》に涙《なみだ》が浮《う》かんでいたから。

自分《じぶん》のお母《かあ》さんが知《し》らない家族《かぞく》といる風景《ふうけい》を、その目《め》で見《み》つめていたから。

電車《でんしゃ》で、会話《かいわ》はなかった。

ぼくは小田急線《おだきゅうせん》に乗《の》ってるうちはいろいろ話《はな》しかけてたけど、リリは生返事《なまへんじ》ばかりで、東京《とうきょう》からの帰《かえ》りのボックス席《せき》では一言《ひとこと》もなかった。

陽《ひ》は落《お》ちてすっかり暗《くら》くなっていた。

ポックルもぼくの隣《となり》で寝《ね》たふりをしている。

もうすぐ、ぼくたちの旅行《りょこう》が終《お》わる。

「……行《い》かなきゃよかったな」

リリが小《ちい》さく呟《つぶや》いた。

「え」

「お母《かあ》さんに会《あ》いになんて、行《い》かなきゃよかったかな」

「ごめん」

「……ごめん。ノゾミくんのせいじゃない。行《い》くって決《き》めたのはあたしだもん」

「でも、言《い》い出《だ》したのはぼくだ」

リリと二人《ふたり》で、デートだなんて浮《う》かれてた。その結果《けっか》がこれだ。

ぼくはリリにつらい思《おも》いをさせてしまった。

リリは窓際《まどぎわ》に肘《ひじ》を載《の》せて頬杖《ほおづえ》をつき、窓《まど》の外《そと》を見《み》てる。

外《そと》は真《ま》っ暗《くら》で、ぼくたちの顔《かお》が向《む》かい合《あ》うように映《うつ》ってる。

点々《てんてん》と灯《とも》る街灯《がいとう》が、リリからぼくへと流《なが》れてくる。

それはリリの涙《なみだ》みたいで、ぼくはガラスに映《うつ》る彼女《かのじょ》の瞳《ひとみ》を駅《えき》に着《つ》くまで見《み》ていた。


次《つぎ》の日《ひ》、やっぱりリリは学校《がっこう》に来《こ》なかった。

ポックルに様子《ようす》を聞《き》いたら、リリは部屋《へや》に閉《と》じこもってるみたい。

ポックルが行《い》っても出《で》てきてくれなくて、座敷《ざしき》おばさんも心配《しんぱい》してるって。

ぼくはちょっと後悔《こうかい》してた。

お母《かあ》さんの家《いえ》に行《い》ったとき、リリを引《ひ》っ張《ぱ》ってでも会《あ》わせればよかった。

会《あ》って話《はなし》をして、リリがお母《かあ》さんに言《い》いたかったこととか、言《い》えばよかったと思《おも》う。

それからもリリは休《やす》みが続《つづ》いて、ぼくも何度《なんど》か家《いえ》まで行《い》こうとしたんだけど、東京《とうきょう》に行《い》った日《ひ》の別《わか》れ際《ぎわ》が気《き》まずくて、行《い》けずにいた。

リリが妖怪《ようかい》だっていう噂《うわさ》は、水野先生《みずののせんせい》が「そういういじめはいけない」っていう話《はなし》を学級会《がっきゅうかい》のときにして、みんな言《い》わなくなった。

あの六年《ろくねん》たちも、校長先生《こうちょうせんせい》がなにか話《はなし》をしたみたいで、おとなしくなった。

リリのことを妖怪《ようかい》なんて言《い》ってはいけないし、ミナちゃんのことを妖怪《ようかい》の娘《むすめ》なんて呼《よ》ぶのもいけない、そんなふうにクラスがなって、ぼくは安心《あんしん》した。

あやかだってもう変《へん》な噂《うわさ》を言《い》いふらさないと思《おも》う。

でもほんのちょっとだけもやもやしてた。

本当《ほんとう》は、リリが妖怪《ようかい》の娘《むすめ》だったとしても、それでもいいよね、っていうふうにみんながなれば
いいのに、ってそれが一番《いちばん》いいと思《おも》ってたから。

水野先生《みずのせんせい》は、妖怪《ようかい》なんて迷信《めいしん》だって、いないんだからって言《い》ってた。

妖怪《ようかい》は、いるのに。

学級会《がっきゅうかい》のあと、職員室《しょくいんしつ》に戻《もど》る水野先生《みずのせんせい》を廊下《ろうか》でつかまえて、

「先生《せんせい》……」

「どうしたの？」

「あの、先生《せんせい》は、妖怪《ようかい》はいないって言《い》ったけど、いたらどうしますか？」

「妖怪《ようかい》が、いたら？」

先生《せんせい》は首《くび》をかしげた。

「はい」

「どうしてそんなこと？」

「もし妖怪《ようかい》がいたら、妖怪《ようかい》だからっていじめたりしないで、一緒《いっしょ》に暮《く》らすのがいいと思《おも》ったからです」

「そうね。もしいたら、そのほうがいいね。でもね和泉《いずみ》さん。学級会《がっきゅうかい》でも言《い》ったでしょう。妖怪《ようかい》は、迷信《めいしん》なんですよ」

「でも神社《じんじゃ》で会《あ》ったおじいさんは、子供《こども》の頃《ころ》妖怪《ようかい》が見《み》えたって、一緒《いっしょ》に遊《あそ》んだって言《い》ってました」

先生《せんせい》は困《こま》った顔《かお》をしていたけど、ぼくがそう言《い》ったらなにか思《おも》いついたみたいに、

「ああ、それで和泉《いずみ》さんの絵日記《えにっき》には妖怪《ようかい》が描《か》いてあったのか」

と言《い》って、笑顔《えがお》で頷《うなず》いた。

「和泉《いずみ》さんは、妖怪《ようかい》はいるって思《おも》うの？」

「……うん」

ぼくは小《ちい》さく返事《へんじ》をした。

「先生《せんせい》には見《み》えないものが、和泉《いずみ》さんには見《み》えてるのかもしれないね」

先生《せんせい》は腰《こし》をかがめて、顔《かお》をぼくの前《まえ》に寄《よ》せた。

「和泉《いずみ》さん。今見《いまみ》えてるものは、大人《おとな》になったら見《み》えなくなっちゃうかもしれないけど、今見《いまみ》え

てるものを大切《たいせつ》にしてね。それは大人《おとな》になっても、和泉《いずみ》さんを助《たす》けてくれると思《おも》うから」

「やっぱり大人《おとな》になったら、見《み》えなくなっちゃいますか？　先生《せんせい》もそう思《おも》いますか？」

先生《せんせい》はゆっくりと首《くび》を横《よこ》に振《ふ》った。

「信《しん》じていれば、見《み》えると思《おも》うよ。大人《おとな》になっても。先生《せんせい》はそう思《おも》うよ」

「信《しん》じていれば、ですか？」

「うん。信《しん》じ続《つづ》けることができればね」

そう言《い》い残《のこ》して、先生《せんせい》は職員室《しょくいんしつ》へ帰《かえ》っていった。

先生《せんせい》が行《い》っちゃってからも、その言葉《ことば》がずっと残《のこ》ってた。

信《しん》じていれば。

いつか大人《おとな》になって、ポックルや座敷《ざしき》おばさんのことが見《み》えなくなって、リリの家《いえ》にも行《い》けなくなって、そうなったら悲《かな》しいなって思《おも》ってたけど、信《しん》じ続《つづ》ければいいんだ。ずっと一緒《いっしょ》なんだ。

学校終《がっこうお》わってからリリの家《いえ》に行《い》ってみたけど、会《あ》うことはできなかった。

誰《だれ》もいなかったのかもしれない。

何度《なんど》リリの名前《なまえ》を呼《よ》んでも、返事《へんじ》はなかった。

まさか、もう妖怪《ようかい》の里《さと》に帰《かえ》っちゃったのかと思《おも》って、家《いえ》の周《まわ》りをぐるぐるしながら窓《まど》から中《なか》を覗《のぞ》いたら家具《かぐ》とかそのままだったのでほっとする。

家《いえ》に帰《かえ》って、部屋《へや》のベッドに寝転《ねころ》んで、らくがき帳《ちょう》を見返《みかえ》していた。

らくがき帳《ちょう》には描《か》いた絵《え》が溜《た》まっていて、そろそろ終《お》わりが近《ちか》い。

はじめの頃《ころ》は神社《じんじゃ》とか妖怪《ようかい》とかポックルとかだけど、うしろの方《ほう》に行《い》くにつれてリリを描《か》いた絵《え》が増《ふ》えていく。

一枚一枚《いちまいいちまい》、見《み》るとその日《ひ》のことを思《おも》い出《だ》す。まるで絵日記《えにっき》だった。

窓《まど》がガタガタって開《あ》いて、ポックルが来《き》た。

「ちょっとよう……」

ポックルはいつもとちょっと様子《ようす》がちがう。

「どこにいたの？」

なんだかビクビクしながら、ぼくと視線《しせん》を合《あ》わせようとしないで、

「あのよう……」

といつまでも言《い》い出《だ》さない。

「なに？　どうしたの？」

「いやあ……実《じつ》はな、ちょっと、ノゾミにお願《ねが》いっていうか、なんていうか……」

「はっきり言《い》ってよ。なに？」

「長《おさ》がノゾミに会《あ》いたいって言《い》うんだよ」

「ぼくに？　なんで？」

「なんでかは俺《おれ》にもよくわかんねえんだけどな。とにかく会《あ》いたいから呼《よ》んでこいって」

「なんだろう……なんでだろう」

「いやあ、それはわからんけど」

「リリのお父《とう》さんって、妖怪《ようかい》の偉《えら》い人《ひと》なんだよね」

「まあな、このあたり一帯《いったい》の妖怪《ようかい》をまとめてる長《おさ》だからな。一番偉《いちばんえら》いよな」

「怖《こわ》い？」

「まあ、正直《しょうじき》、怖《こわ》い」

ぼくは震《ふる》えた。

妖怪《ようかい》の長《おさ》って、どんなかんじなの？

ぼくの妖怪《ようかい》の知識《ちしき》でいうと、妖怪《ようかい》をまとめてるっていえばぬらりひょんとか？　油《あぶら》すましとか？

「俺《おれ》と一緒《いっしょ》に来《き》てくれるか、ノゾミ」

ポックルはいつになく神妙《しんみょう》な顔《かお》をしていた。


妖怪《ようかい》の里《さと》は、山《やま》をいくつも越《こ》えた、森《もり》の奥《おく》ふかくにあった。

森《もり》は暗《くら》くて、一人《ひとり》だったらとても怖《こわ》くて歩《ある》けなかったと思《おも》う。

長《おさ》の家《いえ》は、すごい大《おお》きくて、神社《じんじゃ》って感《かん》じだった。

ほんとに神社《じんじゃ》だったかもしれない。

案内《あんない》された部屋《へや》のことをポックルは「本堂《ほんどう》」って言《い》ってたし、すごい広《ひろ》いその部屋《へや》の真《ま》ん中《なか》にはなんか御神体《ごしんたい》みたいのが祀《まつ》られている。

少《すこ》しして奥《おく》からリリのお父《とう》さんが来《き》た。

隣《となり》で座《すわ》っていたポックルが急《きゅう》にびしっとして、ぼくも自然《しぜん》と背筋《せすじ》がのびる。

変身《へんしん》したリリは鬼《おに》のように見《み》えたから、お父《とう》さんも鬼《おに》の一族《いちぞく》なんだろうと勝手《かって》に想像《そうぞう》していた。

リリのお父《とう》さんはぼくの正面《しょうめん》の座布団《ざぶとん》の上《うえ》に座《すわ》った。

なかなか顔《かお》を上《あ》げられなかったけど、勇気《ゆうき》を出《だ》して、リリのお父《とう》さんを見《み》た。

鬼《おに》だ。

こめかみのあたりから生《は》えた太《ふと》いツノはうしろに反《そ》って、先《さき》に行《い》くに従《したが》ってカーブを描《えが》いて丸《まる》まっていて、西洋《せいよう》の悪魔《あくま》のようだった。

眼差《まなざ》しはやさしいようで、怖《こわ》いようで、リリの眼《め》と同《おな》じく赤《あか》く光《ひか》っていた。

ポックルは緊張《きんちょう》でガチガチに固《かた》まってたけど、ぼくは普通《ふつう》に、友《とも》だちのお父《とう》さんと会《あ》ったときみたいにちゃんと挨拶《あいさつ》して、名前《なまえ》も言《い》えた。

「リリと仲良《なかよ》くしてくれて、ありがとう」

低《ひく》く、渋《しぶ》い声《こえ》だった。

「リリと一緒《いっしょ》に東京《とうきょう》に行《い》ってくれたんだってね。その節《せつ》は世話《せわ》になった。ありがとうノゾミくん」

「いえ、そんな……」

ポックルが伝《つた》えたのかな、と思《おも》って横《よこ》を見《み》ると、いつの間《ま》にかいなくなってた。

「リリが、母親《ははおや》に会《あ》いたがっていたのは知《し》ってた。あいつも、何度《なんど》も会《あ》いに行《い》きたいって言《い》ってた。わたしは許《ゆる》さなかったんだ。小《ちい》さい頃《ころ》はそれであきらめてくれたんだが、最近生意気《さいきんなまいき》になってきて、わたしの言《い》うことなんか聞《き》かなくなってしまった。頑固《がんこ》でなあ、あの子《こ》も。誰《だれ》に似《に》たんだか」

たぶんお父《とう》さんなのでは……？

「きみは見《み》たんだろう？　リリの本当《ほんとう》の姿《すがた》を」

「はい」

「わたしは、リリが人間《にんげん》の子供《こども》と一緒《いっしょ》の学校《がっこう》に行《い》きたいと言《い》ったとき、条件《じょうけん》を出《だ》したんだ。絶対《ぜったい》に妖怪《ようかい》の姿《すがた》を人《ひと》に見《み》せてはいけない、ってね。妖怪《ようかい》は、普通《ふつう》の人間《にんげん》には姿《すがた》が見《み》えないが、リリは人間《にんげん》の血《ち》が半分入《はんぶんはい》っているから、妖怪《ようかい》になった姿《すがた》が見《み》えてしまうんだ。見《み》られたら最後《さいご》、二度《にど》と人里《ひとざと》にはやらんと、そう約束《やくそく》した」

「待《ま》ってください」

「ん？」

「ちがうんです、あのときは、ぼくが六年《ろくねん》にいじめられてて、助《たす》けるために妖怪《ようかい》の姿《すがた》になったので、リリのせいじゃなくて、ぼくのせいなので……」

ぼくは必死《ひっし》になって弁解《べんかい》した。リリが人間《にんげん》の学校《がっこう》に通《かよ》えなくなるなんていやだ。

なにより、リリともう会《あ》えなくなるなんていやだ。

「きみは、わたしがリリを連《つ》れ戻《もど》す、と思《おも》ってる？」

「ちがうんですか？」

「そんなことしないよ」

「でも約束《やくそく》が……」

「リリが妖怪《ようかい》の里《さと》に帰《かえ》ってくるときは、それはリリ自身《じしん》がそうするって決《き》めたときだ。わたしが無理《むり》やり連《つ》れ戻《もど》したりはしないし、そうしたところであの子《こ》が出《で》ていきたくなったら勝手《かって》に出《で》ていくだろう。ただ……あいつもいずれ、妖怪《ようかい》は人間《にんげん》の中《なか》で暮《く》らせないということを悟《さと》る日《ひ》が来《く》る。そして自分《じぶん》から、妖怪《ようかい》の里《さと》に帰《かえ》ってくるにちがいない」

「ぼくは、人間《にんげん》と妖怪《ようかい》が一緒《いっしょ》になって暮《く》らせるようにできると思《おも》います。だって、ぼくの知《し》ってるおじいさんも、子供《こども》の頃《ころ》は見《み》えたって言《い》ってたし、水野先生《みずのせんせい》も、妖怪《ようかい》を信《しん》じ続《つづ》ければ見《み》えるって。みんな見《み》えるんです、ほんとうは。だから、大丈夫《だいじょうぶ》だと思《おも》います！」

言《い》えることは全部言《ぜんぶい》わないと、と思《おも》った。

リリのお父《とう》さんは黙《だま》ってぼくの言葉《ことば》を聞《き》いてくれた。

「そうだね。そういう世界《せかい》が来《く》るといいなって、わたしも思《おも》うよ」

そう言《い》ったお父《とう》さんの表情《ひょうじょう》は、どこか寂《さび》しそうだ。

「……きみに頼《たの》みがあるんだよ、ノゾミくん」

「はい」

「リリを、母親《ははおや》に会《あ》わせてやってほしいんだ」

「それは、どのようにして……」

「きみから、母親《ははおや》に伝《つた》えてほしい。リリが会《あ》いたがってるから、会《あ》いに来《き》てほしいと」

やっぱりお父《とう》さんはリリが妖怪《ようかい》の里《さと》に帰《かえ》ってくると思《おも》ってる。

だから最後《さいご》にリリとお母《かあ》さんを会《あ》わせようとしてるんじゃないのかな。

そんなことを思《おも》ったとき、お父《とう》さんは言《い》った。まるでぼくの心《こころ》を読《よ》んでるみたいに。

「リリがこのまま人間《にんげん》の世界《せかい》に残《のこ》るかどうかはリリが決《き》めることだ。わたしは干渉《かんしょう》しない。でも、親《おや》として子供《こども》の願《ねが》いは叶《かな》えてやりたいんだ。きみに手伝《てつだ》ってほしい。わたしが行《い》くわけにはいかないし、ましてや妖怪《ようかい》たちに頼《たの》むわけにもいかない」

「それは……」

「リリの母親《ははおや》には、もう妖怪《ようかい》が見《み》えないんだ」

「え、それは……？」

「わたしのことも見《み》えないんだよ」

そうだったんだ……だからリリのお母《かあ》さんは一緒《いっしょ》に暮《く》らせなくなった。

リリのお父《とう》さんは、お母《かあ》さんと話《はな》すことはもうできないんだ。

「行《い》ってくれるかな？」

「……行《い》きます」

「このことは、わたしが言《い》ったことは内緒《ないしょ》にしてくれよ。約束《やくそく》だぞ」

「はい」

リリのお父《とう》さんは満足《まんぞく》そうに頷《うなず》いた。


ポックルが外《そと》で待《ま》っていた。

一緒《いっしょ》に、細長《ほそなが》い白《しろ》いものが、彼《かれ》のうしろでかさかさと舞《ま》っていた。

「えっ、一反木綿《いったんもめん》？」

「……の親戚《しんせき》の、一反《いったん》ビニールだ」

「はい？　ビニール？」

「まあ、妖怪《ようかい》もアップデートしてんだよ。ビニールは雨《あめ》も弾《はじ》くし、木綿《もめん》に比《くら》べるとちょっと重いんだけど、そのぶん飛行《ひこう》が安定《あんてい》するんだってよ。知《し》らんけど」

一反木綿《いったんもめん》、いや一反《いったん》ビニールはうんうん、とでも言《い》うようにふわふわと頷《うなず》いた。

夢《ゆめ》がないなあ、一反木綿《いったんもめん》がビニール製《せい》なんて……。

「さ、乗《の》りなよ」

ポックルは一反《いったん》ビニールにまたがった。

「乗《の》るって、一反木綿《いったんもめん》に？」

「一反《いったん》ビニールだっつーの」

「ビニール。え、今《いま》から行《い》くの？　夜《よる》になっちゃうよ？」

「大丈夫《だいじょうぶ》。一反《いったん》ビニール超速《ちょうはや》いから。今《いま》から行《い》けば晩飯《ばんめし》までには戻《もど》れるぜ」

「それって、電車《でんしゃ》より速《はや》いんじゃ……」

「行《い》くのか行《い》かねーのか」

「行《い》く、行《い》くけど」

「どこだっけ？　相模大野《さがみおおの》だっけ？」

「相模台《さがみだい》だよ」

「あのあたりよくわかんねえよな。相模《さがみ》って字《じ》も相撲《すもう》みたいだし」

ぼくは恐《おそ》る恐《おそ》る、ポックルのうしろに乗《の》ってみた。

ふわふわと浮《う》いてはいるけどなんだか頼《たよ》りない。これ、ぼくの体《からだ》乗《の》っけて本当《ほんとう》に飛《と》べるのかな
……。

「おーし。しっかり掴《つか》まって、絶対離《ぜったいはな》すなよ。落《お》ちたら死《し》ぬ」

「うん」

ぶわあああッ、て風《かぜ》が吹《ふ》いたと思《おも》ったら、一反《いったん》ビニールは山《やま》の上《うえ》まで一気《いっき》に飛《と》んだ。

「ひゃあー！」

ぼくは思《おも》わず一反《いったん》ビニールに抱《だ》きついたので、そこだけ絞《しぼ》ったぞうきんみたいになった。

「おいっ、ちゃんと広《ひろ》げてくれッ！　広《ひろ》げないと、広《ひろ》げないと、揚力《ようりょく》がっ……！」

ポックルが言《い》ってるうちにゆるゆると高度《こうど》が落《お》ちていく。

「ごめん！」

ぼくはあわてて、洗濯物《せんたくもの》を広《ひろ》げるみたいにして一反《いったん》ビニールの体《からだ》を伸《の》ばす。

すると風《かぜ》を受《う》けてふわりと浮《う》き上《あ》がる。

まるで空気《くうき》の塊《かたまり》の上《うえ》を滑《すべ》っていくように一反《いったん》ビニールは飛《と》んで、どんどんスピードが上《あ》がっていった。

「うわ――――！」

風《かぜ》をなるべく受《う》けないように体《からだ》を低《ひく》くして、ぼくはしっかり掴《つか》んだ一反《いったん》ビニールの縁《ふち》から、こわごわと下《した》を覗《のぞ》いてみた。

山《やま》の樹々《きぎ》がわさわさと揺《ゆ》れて、ぼくたちが落《お》ちてくるのを口《くち》を開《あ》けて待《ま》ってるみたいだった。

棘《いばら》の生《は》えた枝《えだ》がぼくを噛《か》み砕《くだ》く歯《は》みたいに見《み》えて身震《みぶる》いする。

なるべく下《した》を見《み》ないようにしようと思《おも》って顔《かお》を上《あ》げて、前《まえ》を見《み》ると今度《こんど》は山《やま》の頂上《ちょうじょう》が正面《しょうめん》に立《た》ちふさがるみたいにそびえてた。

「わあ、ぶつかるよ、あぶないよ！」

悲鳴《ひめい》のようなぼくの言葉《ことば》は一反《いったん》ビニールには全《まった》く響《ひび》かなかったみたいで、そのままま っすぐに突《つ》き進《すす》む。

ぼくは「ぶつかる！」と眼《め》をぎゅっと閉《と》じて、ビニールの上《うえ》に顔《かお》を伏《ふ》せた。

体《からだ》から重《おも》さが消《き》えるような感覚《かんかく》があって、ひゅーっと、高度《こうど》が落《お》ちてる、と思《おも》って目《め》を開《あ》けたときにはもう山《やま》の頂上《ちょうじょう》を越《こ》えていた。

「あのな、こいつは飛行時間一万時間《ひこうじかんいちまんじかん》越《こ》えてんだよ。JAL《ジャル》のパイロットの十倍《じゅうばい》飛《と》んでんだから。安心《あんしん》して空《そら》の旅《たび》をお楽《たの》しみください」

そう言《い》われて安心《あんしん》はできなかったけど、ここでびびってもカッコ悪《わる》いし、ぼくは半分《はんぶん》やけくそ気味《ぎみ》に体《からだ》を起《お》こしてあたりを見《み》てみた。

山《やま》を越《こ》えると、ぼくの住《す》む町《まち》が光《ひかり》の粉《こな》みたいになって目《め》に飛《と》び込《こ》んできた。

夕暮《ゆうぐ》れの茜色《あかねいろ》の中《なか》に、灯《とも》りはじめた家々《いえいえ》の明《あ》かりや街灯《がいとう》がきらきら光《ひか》る。

「うほー」

神社《じんじゃ》から見下《みお》ろす風景《ふうけい》なんて比《くら》べ物《もの》にならないほど、町《まち》は小《ちい》さく、そして美《うつく》しかった。

点々《てんてん》と小《ちい》さな光《ひかり》が続《つづ》いているのは、ぼくの家《いえ》から学校《がっこう》に続《つづ》く一本道《いっぽんみち》だ。

学校《がっこう》と、その周囲《しゅうい》の住宅《じゅうたく》には白《しろ》だったりオレンジだったりの光《ひかり》が散《ち》らばっている。

その奥《おく》に建《た》ってるマンションにも明《あ》かりが、こっちは定規《じょうぎ》で引《ひ》いた線《せん》みたいに規則正《きそくただ》しく整列《せいれつ》していた。

あの町《まち》の人《ひと》から、今《いま》ぼくはどう見《み》えているんだろう。

妖怪《ようかい》が見《み》えない人《ひと》たちには一反《いったん》ビニールは見《み》えてないだろうから、ぼくが一人《ひとり》で空《そら》をぴゅーっ、と飛《と》んでるように見《み》えるのかな。

だとしたらぼくは未確認飛行物体《みかくにんひこうぶったい》だ。

動画撮《どうがと》られてネットに上《あ》げられたらどうしよう。

ぼくは一反《いったん》ビニールに隠《かく》れるみたいにして身《み》をかがめる。

それが伝《つた》わったのか、

「お前《まえ》も人間《にんげん》からは見《み》えてないから、そんなにビクビクしなくても大丈夫《だいじょうぶ》だよ」

ポックルが言《い》った。

それなら、とぼくは顔《かお》を縁《ふち》から少《すこ》しだけ出《だ》して町《まち》を見下《みお》ろした。

ぼくだけが見《み》ている。ぼくだけの町《まち》だ。

「勢《いきお》いつけていくぜえ！」

徐々《じょじょ》にスピードが上《あ》がって、町《まち》の光《ひかり》は流《なが》れ星《ぼし》みたいになってうしろに飛《と》んでいく。

すると新《あたら》しい光《ひかり》が塊《かたまり》になって前《まえ》から近《ちか》づいてくる。

それが何度《なんど》か繰《く》り返《かえ》されて、新《あたら》しい光《ひかり》がだんだんと大《おお》きい銀河《ぎんが》みたいになってきて、とうとう真昼《まひる》のような光《ひかり》の束《たば》が下《した》から吹《ふ》き上《あ》げてくるみたいにまでなった。

「これが東京《とうきょう》か……！」

夕暮《ゆうぐ》れの、しかも上空《じょうくう》から見《み》る東京《とうきょう》は、遊園地《ゆうえんち》みたいだ。

光《ひかり》の種類《しゅるい》って、こんなにあるんだなって。

次《つぎ》はリリと一緒《いっしょ》にこの風景《ふうけい》を見《み》たいな……。


時速何《じそくなん》キロ出《で》てたんだろう。

一反《いったん》ビニールはあっという間《ま》に、見覚《みおぼ》えのある住宅街《じゅうたくがい》に下《お》りた。

住宅街《じゅうたくがい》には学校帰《がっこうがえ》りの生徒《せいと》や、買《か》い物帰《ものがえ》りの女《おんな》の人《ひと》がスーパーの袋《ふくろ》を下《さ》げて行《い》き来《き》している。

あちこちから夕飯《ゆうはん》を作《つく》る匂《にお》いが漂《ただよ》ってきてお腹《なか》が空《す》いていることを思《おも》い出《だ》す。

ぼくはこないだリリのお母《かあ》さんがいた家《いえ》の前《まえ》で、どうしようかなって一分《いっぷん》くらいうろうろしてた。

「何《なに》してんだよノゾミ。怪《あや》しいぞお前《まえ》」

「でも、どうすればいいの？」

「ピンポンしてダッシュだ」

「ダッシュしちゃダメじゃん！」

「勢《いきお》いつけて行《い》けって意味《いみ》だよ。何《なに》もたもたしてんだよいつまでも」

「だって、どう言《い》えばいいのか、何話《なにはな》したらいいのかわかんなくて」

「リリに会《あ》いに来《こ》いって言《い》えばいいだけだろ」

「でも、そんな急《きゅう》に話《はな》しても……」

「ああもうじれってえ！」

「あっ！」

ポックルがジャンプしてインターホンのボタンを押《お》した。

ピロリロポーン。

音《おと》が鳴《な》って、少《すこ》ししてスピーカーから声《こえ》がした。

「はい……？」

「あ、あの……」

「どなた……？」

「ぼ、ぼく、あの、リリちゃんの、友《とも》だちで」

「リリちゃん……？」

「あ、同《おな》じクラスの、五年三組《ごねんさんくみ》の、ぼくは和泉《いずみ》ノゾミです、あの……」

ぐだぐだになっていると、扉《とびら》が開《ひら》いた。

中《なか》から出《で》てきたのは、この前《まえ》の女《おんな》の人《ひと》よりもずっと年上《としうえ》のおばさんだった。

「あの、リリちゃんのお母《かあ》さんに……」

「リリ？　近《ちか》くにそんな子《こ》いたかな……？　なんてお宅《たく》？」

「あ、あ、リリちゃんは、今《いま》はここにはいなくて、別《べつ》のところにいるんですけど、リリちゃんのお母《かあ》さんに会《あ》いたいんです」

「さあ……ごめんなさいね、ちょっとわからないわ」

ポックルがぼくの手《て》を引《ひ》っ張《ぱ》った。

「おい、ちょっと様子《ようす》が変《へん》だぞ、行《い》こう」

「でも……」

「いいから。出直《でなお》すぞ」

「あ、あの、間違《まちが》えました、すいませんでした！」

ぼくは逃《に》げるようにしてその場《ば》から走《はし》り去《さ》った。

ぼくとポックルは近《ちか》くの公園《こうえん》のベンチに座《すわ》った。

スマホの地図《ちず》で見直《みなお》しても、周《まわ》りの風景《ふうけい》や家《いえ》の形《かたち》を思《おも》い返《かえ》しても、前《まえ》に来《き》たときに見《み》たリリのお母《かあ》さんの家《いえ》で間違《まちが》いなかった。

「ねえ、ひょっとして、リリのお母《かあ》さんの家《いえ》じゃなかったってことありえる？」

「それはないと思《おも》うぜ、リリのあの様子《ようす》じゃ……ありえないだろ」

「でもちがう人《ひと》だったよね」

「そうだな。リリのおふくろさんがいるかどうか、確認《かくにん》すればよかったな」

「だってポックルが引《ひ》っ張《ぱ》るから」

「いやあまりにもノゾミの態度《たいど》が不審者《ふしんしゃ》だったからよ」

「ぼくは普通《ふつう》だったよ、あのあとリリのお母《かあ》さんがいるかどうか聞《き》こうと思《おも》ったのに」

「あっちはリリの名前《なまえ》も知《し》らなかったんだぞ、聞《き》いたってわからねえだろ」

ポックルと言《い》い合《あ》いになって、はっとして周《まわ》りを見渡《みわた》した。

幸《さいわ》い人気《ひとけ》はなかったけど、誰《だれ》かに見《み》られたら一人《ひとり》で喋《しゃべ》ってるように見《み》えるぼくは不審者《ふしんしゃ》だ。

「まず最初《さいしょ》に名前《なまえ》を聞《き》けばよかったんだよ。リリのお母《かあ》さんの名前《なまえ》……」

何気《なにげ》なく顔《かお》を上《あ》げると、見《み》たことのある女《おんな》の人《ひと》が、エコバッグをさげて公園《こうえん》沿《ぞ》いの道《みち》を歩《ある》いているのが見《み》えた。

「あっ！　あれ……」

リリのお母《かあ》さんだ！

そう思《おも》ったとき、向《む》こうもぼくに気《き》づいて、あ、という顔《かお》をした。

女《おんな》の人《ひと》は公園《こうえん》に入《はい》って、まっすぐベンチまで歩《ある》いてきた。

「あ、あの……ぼく……」

「リリのお友《とも》だちよね？　この前来《まえき》てた……」

「はい！」

「一人《ひとり》なの？」

「はい……」

リリのお母《かあ》さんは、リリに似《に》てた。近《ちか》くでよく見《み》ると、そっくりだった。

二人並《ふたりなら》んだらどう見《み》ても親子《おやこ》だし、姉妹《しまい》に見《み》えるかもしれないくらい。

そういえばリリはお父《とう》さんには全然似《ぜんぜんに》てなかったな。

リリのお母《かあ》さんは並《なら》んでベンチに腰掛《こしか》けた。

ぼくの傍《そば》にはポックルがいたのだけど、気《き》づいてないみたいだ。

「最後《さいご》に会《あ》ったときあの子《こ》は六歳《ろくさい》だったけど、五年《ごねん》もたってたのね。でも、見《み》た瞬間《しゅんかん》リリだってわかった。リリは、あたしの顔覚《かおおぼ》えてるのかな」

「覚《おぼ》えてると思《おも》います」

「リリに、なにか頼《たの》まれてきたの？」

「いいえ！」

リリのお父《とう》さんからってことは言《い》ってはいけない約束《やくそく》だった。

「今度《こんど》、学校《がっこう》で授業参観《じゅぎょうさんかん》があって、それに、来《き》てくれたらいいなって思《おも》いまして……」

「リリが言《い》ったの？」

「あ、その……リリちゃんがそう言《い》ったわけではないんですけど、今《いま》のはぼくの思《おも》ったことで、でもリリちゃんはお母《かあ》さんに会《あ》いたがっているから、参観日《さんかんび》に来《き》てほしいと思《おも》ってるとぼくは思《おも》うので……」

言《い》いたいことがまとまらない。

「あの、……この前《まえ》ここに来《き》たとき、あのとき
は急《きゅう》だったから、リリちゃんはびっくりして帰《かえ》
っちゃったんです、でも本当《ほんとう》はすごくお母《かあ》さん
に会《あ》いたがってて」
ぼくにはもう、リリが妖怪《ようかい》って思《おも》われないよ
うにとか、お母《かあ》さんが来《く》ればクラスのやつらに
リリが人間《にんげん》だって証明《しょうめい》できるとか、そんなこと
はもうよくて、ただリリとお母《かあ》さんがこのまま
会《あ》わずにいていいわけがない、お母《かあ》さんにリリ
に会《あ》いに行《い》ってほしい、と強《つよ》く願《ねが》っていた。
「リリちゃんはお母《かあ》さんに会《あ》いたくて、そのた
めに今《いま》の学校《がっこう》に転校《てんこう》したんです」
妖怪《ようかい》の里《さと》から家出《いえで》みたいにして人間《にんげん》の世界《せかい》に
来《き》た、とまでは言《い》えなかった。
「いまさらあたしが会《あ》いに行《い》って、いいのかど

うか……」

「どうしてですか」

「……あたしは、リリを見捨《みす》てたようなものだから」

あまりにも意外《いがい》な言葉《ことば》で、ぼくは言葉《ことば》を返《かえ》せなかった。

「リリのお父《とう》さんのことを知《し》ってる？」

「はい」

「知《し》ってるんだ……」

「はい。会《あ》いました。リリちゃんの本当《ほんとう》の姿《すがた》も知《し》ってます」

リリのお母《かあ》さんはびっくりした顔《かお》をしてた。

「そうだったの……それでも、リリとお友《とも》だちでいてくれるの？」

「ぼくはリリちゃんと、ずっと友《とも》だちでいたいです」

「ありがとう。あなたのようなお友《とも》だちがいて、リリは幸《しあわ》せね」

……そうかな。

そうだといいんだけど。

ぼくはリリが妖怪《ようかい》の姿《すがた》を見《み》せたときのことを話《はな》した。

「……ぼくが友《とも》だちにならなければ、リリちゃんは本当《ほんとう》の姿《すがた》になることもなかったし、今《いま》も学校《がっこう》を休《やす》んだりしないで、クラスのみんなと楽《たの》しくできてたかもしれないです……」

ぜんぶ正直《しょうじき》に話《はな》した。

「きみのせいじゃないよ」

そのときのことを思《おも》い出《だ》して半泣《はんな》きになっているぼくの頭《あたま》を、リリのお母《かあ》さんはやさしくなでてくれた。

「あたしね、ある日突然《ひとつぜん》、妖怪《ようかい》が見《み》えなくなってしまったの。ひとりひとり、目《め》の前《まえ》から消《き》えていって。いずれリリのお父《とう》さんのことも見《み》えなくなるんだってわかった。そうなったとき、リリをどうしようって。人間《にんげん》の世界《せかい》に連《つ》れていけないリリを妖怪《ようかい》の世界《せかい》で、たった一人《ひとり》で育《そだ》てていくなんて無理《むり》だった。リリはわたしの見《み》えないお友《とも》だちと遊《あそ》んでる。そんなリリを育《そだ》てていく自信《じしん》がなくなっちゃった。だからあたしは、リリをお父《とう》さんに預《あず》けて、妖怪《ようかい》の里《さと》から人間《にんげん》の世界《せかい》に戻《もど》ったの……」

「……」

「人間《にんげん》は妖怪《ようかい》の世界《せかい》には住《す》めないし、妖怪《ようかい》は人間《にんげん》の世界《せかい》ではやっていけない。そういうものなのよ」

「でも……ぼくは……」

「いつか、きみにもわかる日《ひ》が来《く》ると思《おも》うわ」

そんな日《ひ》は来《こ》ない、とぼくは思《おも》う。

だって、信《しん》じれば誰《だれ》にだって妖怪《ようかい》は見《み》えるんだよ。

リリのお母《かあ》さんにも、また見《み》えるようになるかもしれないよ。

リリはお母《かあ》さんとお父《とう》さんと三人《さんにん》で暮《く》らしたいと思《おも》ってるよ。

言《い》いたいことがいくつもゴロゴロとぼくの喉《のど》に詰《つ》まって、うまく吐《は》き出《だ》せなかった。

「あの、もう一回《いっかい》、妖怪《ようかい》を信《しん》じることはできないんですか？」

「どうかなあ……」

「今《いま》も、傍《そば》に、妖怪《ようかい》がいるんです」

「ごめんなさい。あたしには、見《み》えないわ」

「そうですか……」

「妖怪《ようかい》は……いないのよ」

ぼくとリリのお母《かあ》さんは、公園《こうえん》の門《もん》のところで別々《べつべつ》の方向《ほうこう》に別《わか》れた。

別《わか》れ際《ぎわ》に、

「参観日《さんかんび》のこと、考《かんが》えさせてね。すぐには答《こた》えが出《だ》せないから」

「はい」

「リリには言《い》わないで。期待《きたい》させたくないから」

リリのお母《かあ》さんはエコバッグの中《なか》からお菓子《かし》を取《と》り出《だ》して、ぼくにくれた。

たぶん、本当《ほんとう》は、前《まえ》に来《き》たときに見《み》た小《ちい》さい子《こ》にあげるためのものなんだと思《おも》う。

「あの……」

「うん？」

「いつか、いつかはわかんないですけど、妖怪《ようかい》と人間《にんげん》は、一緒《いっしょ》に暮《く》らせるようになると思《おも》います」

「そうね。そうなればいいわね……」

「それまで、待《ま》っててください。お願《ねが》いします」

リリのお母《かあ》さんは笑顔《えがお》だったけど、とても悲《かな》しそうに見《み》えた。

そうなればいい。

言葉《ことば》はそうだけど、そうなるわけないって、お母《かあ》さんは言《い》ってた。

言《い》ってないけど言《い》ってた。

一反《いったん》ビニールはぼくの家《いえ》の、二階《にかい》に下《お》りた。

家《いえ》はどの部屋《へや》も真《ま》っ暗《くら》で、お父《とう》さんもお母《かあ》さんもまだ帰《かえ》ってきてない。

「じゃ、三千円《さんぜんえん》でいいや」

ポックルが言《い》った。

「えっ、金《かね》とるの!?」

「当《あ》たり前《まえ》じゃん。相模台往復《さがみだいおうふく》だぜ？　それも超特急《ちょうとっきゅう》で。子供料金《こどもりょうきん》でも三千円《さんぜんえん》とか破格《はかく》だろ」

「えーだってこれ長《おさ》の頼《たの》みじゃん、こういうのタダでしょ普通《ふつう》」

「なに言《い》ってんのー。長《おさ》の頼《たの》みは長《おさ》の頼《たの》み。交通手段《こうつうしゅだん》は交通手段《こうつうしゅだん》、別会計《べつかいけい》です」

「うわーなにそれすごくドライ」

「三千円《さんぜんえん》」

「今持《いまも》ってないよ。こないだリリとお母《かあ》さんのところ行《い》ったときに小遣《こづか》い使《つか》っちゃったし」

「分割《ぶんかつ》でもいいぜ。利息《りそく》は年一《ねんいっ》・五《ご》……」

「そこは出世払《しゅっせばら》いでいいでしょ」

「まー仕方《しかた》ないかー、この交渉上手《こうしょうじょうず》」

なんとなく釈然《しゃくぜん》としないながらも部屋《へや》に入《はい》ろうと窓《まど》を開《あ》けたところで、

「ちょっと待《ま》って、一反《いったん》ビニールって普段《ふだん》から東京方面往復三千円《とうきょうほうめんおうふくさんぜんえん》で営業《えいぎょう》してるの？」

「普段《ふだん》は人間《にんげん》なんか乗《の》れねえよ。長《おさ》が特別《とくべつ》に許《ゆる》したから、乗《の》せられたんだぜ」

「長《おさ》の特別《とくべつ》の許《ゆる》しなのに、お金《かね》かかるの？」

「そ、それはよう……」

「長《おさ》に聞《き》いてみていい？」

「今回《こんかい》はタダでいいや」

「え、今回《こんかい》は？」

「もう一回《いっかい》くらいはタダでいいや」

「二人《ふたり》乗《の》ることは？　できる？」

「まあ、お前《まえ》くらいの子供《こども》ならな……」

それならリリと二人《ふたり》で、どこかに行《い》くのも全然《ぜんぜん》ありだ。

目覚《めざ》ましが鳴《な》っている。

気《き》づいたらぼくはベッドの中《なか》にいた。

あれ？　ぼくいつの間《ま》に眠《ねむ》っちゃったんだろう？　ていうか、いつ目覚《めざ》ましセットしたっけ？

昨日《きのう》の旅《たび》の疲《つか》れが出《で》たみたいに、猛烈《もうれつ》に眠《ねむ》い。

夢《ゆめ》みたいだった。

一反《いったん》ビニールの背中《せなか》に乗《の》って東京《とうきょう》（神奈川《かながわ》だけど）まで行《い》って帰《かえ》ってくるなんて。

そして、リリのお母《かあ》さんと話《はな》したなんて。

机《つくえ》の上《うえ》にらくがき帳《ちょう》の最後《さいご》のページが開《ひら》きっぱなしになっている。

空《そら》から見下《みお》ろした、夕暮《ゆうぐ》れの町《まち》の風景《ふうけい》が描《か》いてあった。

「ノゾミー、起《お》きなさい。朝《あさ》ごはんだよー」

お母《かあ》さんが呼《よ》んでる。

授業参観《じゅぎょうさんかん》

その日《ひ》の朝《あさ》は、ぼくはいつもよりすごく早《はや》く起《お》きて、お母《かあ》さんに言《い》われるより早《はや》く準備《じゅんび》した。

「いってきまーす」

隣《となり》のお姉《ねえ》ちゃんが居間《いま》で朝《あさ》ごはん食《た》べてるのが見《み》える。

「ノゾミくん、今日《きょう》は早《はや》いね」

ぼくに気《き》づいたお姉《ねえ》さんが網戸越《あみどご》しに声《こえ》をかけてくれる。

「うん！　先《さき》に行《い》くね！」

「いってらっしゃーい」

「いってきまぁす！」

学校《がっこう》への下《くだ》り坂《ざか》を走《はし》り抜《ぬ》けて、正門《せいもん》をスルーして。

コンビニもスルーして、鳥居《とりい》をくぐり、神社《じんじゃ》の階段《かいだん》を駆《か》け上《あ》がる。

境内《けいだい》にはミナちゃんが待《ま》っていた。

「おはよう、ノゾミくん」

「ミナちゃん、早《はや》いね」

「なんか早起《はやお》きしちゃった」

「ぼくも早起《はやお》きした。じゃ、行《い》こう」

ぼくたちはリリを迎《むか》えに来《き》たのだ。

家《いえ》の前《まえ》で、二人《ふたり》で声《こえ》を揃《そろ》えて名前《なまえ》を呼《よ》んだ。

「リリちゃーん！」

でも、出《で》てきたのは座敷《ざしき》おばさんだった。

「おはよう、キッズたち。迎《むか》えに来《き》てくれたのね。リリまだ寝《ね》てるの。ちょっと待《ま》ってて、今起《いまお》こしてくるわ」

座敷《ざしき》おばさんはにっこり笑《わら》って奥《おく》に引《ひ》っ込《こ》んでいった。

階段《かいだん》を上《あ》がる音《おと》、そして、

「リリ！　いつまで寝《ね》てんの！　起《お》きなさい！」

軽《かる》くびくっとするくらい、そこらじゅうに響《ひび》くような大声《おおごえ》が聞《き》こえてきた。

そのあとも何《なに》をしているのかわからないけどドタンバタンと家《いえ》が震《ふる》えるくらいの音《おと》。

昨日《きのう》、リリに会《あ》った。

写生会《しゃせいかい》のときの絵《え》が廊下《ろうか》に貼《は》り出《だ》されたんだよ、リリの絵《え》は金賞《きんしょう》だったよって伝《つた》えたかった。

最初《さいしょ》リリは会《あ》ってくれなかったけど、ぼくは粘《ねば》った。

一階《いっかい》の茶《ちゃ》の間《ま》で座敷《ざしき》おばさんと話《はな》しながら、リリが根負《こんま》けして下《お》りてくるまで粘《ねば》った。

そして今日《きょう》、朝《あさ》一緒《いっしょ》に学校《がっこう》に行《い》こうって約束《やくそく》した。

今日《きょう》は授業参観《じゅぎょうさんかん》のある日《ひ》だ。

ぼくはリリのお母《かあ》さんが来《き》てくれるって信《しん》じてた。はっきりした答《こた》えを聞《き》いたわけじゃないけど、来《く》る気《き》がしてた。

「おはよう……」

リリが家《いえ》から出《で》てきた。少《すこ》しバツの悪《わる》そうな顔《かお》。

ぼくとミナちゃんは揃《そろ》って、おもいっきり言《い》った。

「おはよう！」

五年三組《ごねんさんくみ》の廊下《ろうか》の壁《かべ》に、写生会《しゃせいかい》の絵《え》が貼《は》り出《だ》されている。

天井《てんじょう》から廊下《ろうか》の窓《まど》の下《した》くらいまで、クラス全員《ぜんいん》の絵《え》が整然《せいぜん》と並《なら》ぶ。

クラスの子《こ》たちはリリが久《ひさ》しぶりに学校《がっこう》に来《き》たので少《すこ》しざわついている。

何人《なんにん》かの女子《じょし》がリリを囲《かこ》んで、金色《きんいろ》の紙《かみ》の付《つ》いたリリの絵《え》を見《み》ながら口々《くちぐち》に褒《ほ》めていた。

ぼくもそう思《おも》う。

「リリちゃんの絵《え》、いいよねえ」

ミナちゃんも見上《みあ》げている。

ぼくは絵《え》を描《か》くことが好《す》きだけど、リリにはかなわない。

窓《まど》から見《み》たみたいに、湖《みずうみ》の風景《ふうけい》が画用紙《がようし》の大《おお》きさに切《き》り取《と》られて、水《みず》が画用紙《がようし》からこぼれてきそうなくらいにリアルだ。

ぼくの絵《え》には銅賞《どうしょう》の赤《あか》いおりがみの欠片《かけら》がつけられていた。

「ノゾミくんもうまいよね」

隣《となり》でミナちゃんがぼくの絵《え》を見《み》て言《い》う。

「そうかな」

ぼくは照《て》れ笑《わら》い。

「ミナちゃんの絵《え》は？」

「わたしのは下手《へた》くそだからいいの」

いいのっていっても、出席番号一番《しゅっせきばんごういちばん》の彼女《かのじょ》の絵《え》は探《さが》すまでもなく右端《みぎはし》の一番上《いちばんうえ》に飾《かざ》られている。

「下手《へた》じゃないよ……個性的《こせいてき》で」

ミナちゃんの絵《え》は、彼女《かのじょ》の性格《せいかく》を表《あらわ》したみたいな奇妙《きみょう》な色使《いろづか》いで、木《き》が青《あお》かったり湖《みずうみ》が赤《あか》かったり、空《そら》がピンクだったりした。賞《しょう》はもらえてなかったけど、この中《なか》で一番目立《いちばんめだ》ってたのは間《ま》違《ちが》いない。

午前中《ごぜんちゅう》は、クラス中《じゅう》が落《お》ち着《つ》かなかった。

午後《ごご》から親《おや》が学校《がっこう》に来《く》るっていうだけで、なんだかいつもとちがう教室《きょうしつ》。

親《おや》に来《き》てほしくない子《こ》も、来《き》てほしい子《こ》も、みんな同《おな》じようにそわそわしてたと思《おも》う。

ぼくは参観日《さんかんび》のプリントをお母《かあ》さんに渡《わた》せないまま今日《きょう》になってしまった。

仕事《しごと》で忙《いそが》しそうにしてたから、なんとなく出《だ》しそびれてしまったのだ。

今朝《けさ》もどうしようかギリギリまで迷《まよ》ってたんだけど、今更言《いまさらい》ったら怒《おこ》られると思《おも》って言《い》い出《だ》せなかった。

それよりも今《いま》は、リリのお母《かあ》さんが来《き》てくれるかどうかのほうが気《き》がかりだった。

余計《よけい》なことをしたかな、とか、リリに内緒《ないしょ》にしたままでいいのかな、でもリリに話《はな》してもし来《こ》なかったら、とか考《かんが》えていたら授業《じゅぎょう》に身《み》が入《はい》らなかった。

授業参観《じゅぎょうさんかん》は五時間目《ごじかんめ》の社会《しゃかい》の時間《じかん》だ。

昼《ひる》の掃除《そうじ》が終《お》わるあたりから親《おや》たちがぽつぽつと集《あつ》まりだした。廊下《ろうか》に貼《は》り出《だ》された写生会《しゃせいかい》の絵《え》を眺《なが》めてたり、立《た》ち話《ばなし》してたり。みんなは誰《だれ》が誰《だれ》のお母《かあ》さんだとか、そういう話《はなし》をしながら教室《きょうしつ》を出《で》たり入《はい》ったり。

水野先生《みずのせんせい》が来《き》て、親《おや》たちがぞろぞろと教室《きょうしつ》のうしろに入《はい》ってくると、みんな振《ふ》り向《む》かずにはいられなかった。

「授業始《じゅぎょうはじ》めますよ！」

先生《せんせい》がそう言《い》って「きりーつ」「れい」「ちゃくせき」が終《お》わっても、みんなまだそわそわしてる。

リリのお母《かあ》さんは、来《き》ていなかった。

授業《じゅぎょう》は始《はじ》まってから二十分《にじっぷん》がたった。

普段《ふだん》はのろのろと動《うご》く時計《とけい》の針《はり》が、今日《きょう》に限《かぎ》っては進《すす》むのがめっちゃ早《はや》い。

いつもみたいにダラダラ仕事《しごと》してよ時計《とけい》。

ぼくが何度《なんど》もうしろを振《ふ》り向《む》くので、先生《せんせい》に注意《ちゅうい》されるほどだった。

「和泉《いずみ》さんはそんなにうしろが気《き》になるの？」

先生《せんせい》が言《い》うからちょっと笑《わら》いが起《お》きて、緊張《きんちょう》が少《すこ》しほぐれた。

授業《じゅぎょう》は残《のこ》り二十五分《にじゅうごふん》。

いくら気《き》にしたところでどうにもならないのはわかってるけど、それでも確認《かくにん》せずにはいられない。

うしろを振《ふ》り向《む》こうにも振《ふ》り向《む》けなくて、下敷《したじ》きを鏡《かがみ》みたいに反射《はんしゃ》させてうしろを見《み》ようと試《ため》したけどそんなの無駄《むだ》に終《お》わる。

授業《じゅぎょう》なんて全然《ぜんぜん》身《み》に入《はい》らないし、先生《せんせい》の言葉《ことば》も頭《あたま》の中《なか》を通《とお》り抜《ぬ》けていく。

「では、机《つくえ》を動《うご》かして班《はん》を作《つく》りましょう」

先生《せんせい》が言《い》った。

社会《しゃかい》の教科書《きょうかしょ》に載《の》ってる問題《もんだい》について、班《はん》に分《わ》かれて話《はな》し合《あ》いをして、結果《けっか》を発表《はっぴょう》する。

何《なに》について話《はな》し合《あ》うのかぼくは全然聞《ぜんぜんき》いてなかった。

机《つくえ》を隣《となり》と向《む》かいあわせに動《うご》かして、八《やっ》つのグループを作《つく》る。

ぼくは廊下側《ろうかがわ》の列《れつ》の前《まえ》の方《ほう》だから一班《いっぱん》、リリは窓際《まどぎわ》のうしろの方《ほう》で八班《はっぱん》だった。

みんなが一斉《いっせい》に班《はん》に分《わ》かれると、ごごご……机《つくえ》と椅子《いす》を引《ひ》きずる音《おと》がすごい。

ぼくも机《つくえ》を直角《ちょっかく》に動《うご》かしながら、そのどさくさに紛《まぎ》れてまたうしろを見《み》てしまう。

親《おや》たちは窓際《まどぎわ》から廊下《ろうか》までずらりと並《なら》んでいる。

その中《なか》に、ぼくはとんでもないものを見《み》つけてしまった。

ぼくの、お母《かあ》さんが、いた。

なんで？　いつの間《ま》に？　ていうかなんで知《し》ったの？　プリント渡《わた》してないのも当然《とうぜん》バレてる？

怖《こわ》いもの見《み》たさで、もう一度《いちど》、ゆっくりと目《め》を向《む》ける。

教室《きょうしつ》のうしろの扉《とびら》は開《あ》けっ放《ぱな》しになっていて、あとから来《き》た親《おや》が少《すこ》しかたまって立《た》っていたその中《なか》に、ぼくのお母《かあ》さんが。

目《め》が合《あ》うと、「こっち見《み》なくていいから！」とでも言《い》うように首《くび》を横《よこ》に振《ふ》ってぼくを睨《にら》みつけた。

そのとき、ぼくは見《み》た。

ぼくのお母《かあ》さんの隣《となり》に、よりにもよって隣《となり》に。

リリのお母《かあ》さんが――！

やっぱり来《き》てくれた、来《き》てくれたんだ！

（リリ、リリ！　リリリリリリ!!）

ぼくはお母《かあ》さんに睨《にら》みつけられてるのも忘《わす》れて、声《こえ》には出《だ》さないでリリを呼《よ》んだ。

眼《め》を思《おも》いっきり開《ひら》いて、口《くち》は形《かたち》だけで（リリ！）ってパクパクしたけど、ぼくの位置《いち》からだとリリはうしろ姿《すがた》なんだ。

リリは全然《ぜんぜん》気《き》づかないで（当《あ》たり前《まえ》）、机《つくえ》と椅子《いす》を動《うご》かしている。

なぜ気《き》づかない（気《き》づくわけない）……！

誰《だれ》かリリに伝《つた》えて！

こんなときポックルがいてくれればなあ。

リリ！　お母《かあ》さん来《き》てるよ！　来《き》てくれたよ！

心《こころ》のなかで叫《さけ》んでるけど伝《つた》わるわけがない。

だから、声《こえ》に出《だ》して呼《よ》んだ。

みんなまだ机《つくえ》を動《うご》かしていて、音《おと》が鳴《な》っていて、生徒《せいと》たちがざわざわと喋《しゃべ》ってる今《いま》なら……！

「リリ!!」

ぼくは名前《なまえ》を呼《よ》んだ。

もちろんみんなにも先生《せんせい》にも丸聞《まるぎ》こえだったと思《おも》う。

リリは雑音《ざつおん》とざわめきの中《なか》からぼくの声《こえ》を聞《き》き分《わ》けて、こっちに振《ふ》り向《む》く。

「お母《かあ》さん！」

これは口《くち》パクで言《い》って、教室《きょうしつ》のうしろの扉《とびら》を指《ゆび》さした。

リリは長《なが》い髪《かみ》をふわりと翻《ひるがえ》らせて、教室《きょうしつ》の窓側《まどがわ》の隅《すみ》から廊下《ろうか》の扉《とびら》までを、ず――っと横《よこ》スクロールして、扉《とびら》のところにいる彼女《かのじょ》のお母《かあ》さんを見《み》つけた。

見《み》た瞬間《しゅんかん》リリは眼《め》を見開《みひら》いて、その姿勢《しせい》のまま扉《とびら》の方《ほう》をじっと見《み》つめていた。

班分《はんわ》けが終《お》わって、みんなが席《せき》に座《すわ》りはじめても、リリは立《た》ったまま動《うご》かなかった。

「森沢《もりさわ》さん。班《はん》ができたら座《すわ》ってくださいね」

って先生《せんせい》に注意《ちゅうい》されるまで動《うご》かなかった。

リリが廊下《ろうか》に背《せ》を向《む》けて座《すわ》って、どんな顔《かお》をしているのか、ぼくからは全《まった》く見《み》えない。

班《はん》ごとの話《はな》し合《あ》いが始《はじ》まってガヤガヤし出《だ》してからも、ぼくはリリのうしろ姿《すがた》を、長《なが》い髪《かみ》を見《み》続《つづ》けていた。

「和泉《いずみ》くんの意見《いけん》は？」

班《はん》の子《こ》に聞《き》かれてしどろもどろになって、

「ごめん、どこだっけ？」

って教科書《きょうかしょ》ぱらぱらめくって、急場《きゅうば》しのぎの当《あ》たり障《さわ》りない意見《いけん》を言《い》うあいだも、気持《きも》ちはリリの方《ほう》に行《い》っていた。

話《はな》し合《あ》った内容《ないよう》を、班《はん》の代表《だいひょう》を一人《ひとり》決《き》めて発表《はっぴょう》する。
八班《はっぱん》の発表者《はっぴょうしゃ》はリリだった。
リリは姿勢《しせい》よく立《た》ち、ノートにまとめられた班《はん》の意見《いけん》をすらすらと読《よ》み上《あ》げた。
よく響《ひび》く澄《す》んだ声《こえ》は、扉《とびら》のところにいるお母《かあ》さんに十分届《じゅうぶんとど》いているはず。
それはいつものリリだった。

チャイムが鳴《な》った。
授業中《じゅぎょうちゅう》よりいくぶん大《おお》きな音《おと》を立《た》てて、机《つくえ》と椅子《いす》がガタガタと元《もと》の向《む》きに戻《もど》っていく。
親《おや》たちも廊下《ろうか》へ出《で》ていく。
このまま帰《かえ》りの会《かい》だけど、それまで間《ま》があった。
この間《あいだ》にリリはお母《かあ》さんに会《あ》いに行《い》くんだと思《おも》ったのだけど、席《せき》についたままだ。
ぼくはランドセルに教科書《きょうかしょ》を詰《つ》めながら、リリを見《み》ていた。
席《せき》に座《すわ》ったまま、じっとして動《うご》かない。
ぼくはリリの席《せき》へ行《い》って、
「お母《かあ》さん、来《き》てるよ」

「知《し》ってる」

「行《い》こう、お母《かあ》さん待《ま》ってるから」

リリはうつむいたままだ。

「……会《あ》って、何話《なにはな》せばいいのかわかんないし」

「そんなのいいから、行《い》きなよ。会《あ》いたかったんでしょ」

「うん……」

「会《あ》いたかったって言《い》えばいいじゃん」

「でも……」

「やっと会《あ》えるんじゃん。そのために、この町《まち》に来《き》たんでしょ」

リリが顔《かお》を上《あ》げて、ぼくを見《み》る。

「お母《かあ》さんは、来《き》てくれたよ」

「……」

「行《い》こう」

ぼくはリリの手首《てくび》を掴《つか》んで、引《ひ》っ張《ぱ》って教室《きょうしつ》を出《で》た。

廊下《ろうか》に出《で》てすぐのところあたりに、リリのお母《かあ》さんがいた気《き》がしたんだけど、今《いま》は姿《すがた》が見《み》えない。

「もう帰《かえ》ったんだよ」

「そんなわけないよ。リリと会《あ》うために来《き》たんだから、待《ま》ってるはずだよ」

廊下《ろうか》にはまだ親《おや》たちがいっぱいいて、親子《おやこ》で話《はな》したり絵《え》を見《み》たりしてる。

その中《なか》をかいくぐるようにして、リリのお母《かあ》さんを探《さが》す。

リリのお母《かあ》さんはこの中《なか》の誰《だれ》よりもきれいだった。

どこにいたってすぐにわかる――はずなんだけど、教室《きょうしつ》の近《ちか》くには見当《みあ》たらない。

帰《かえ》るわけはない、でも、もし帰《かえ》ろうとしてるんだとしたら、すぐ追《お》いかけないと。

ぼくが迷《まよ》っていると、今度《こんど》はリリが手《て》を引《ひ》っ張《ぱ》って、

「教室戻《きょうしつもど》ろう」

「ダメだよ、ここにいないなら、昇降口探《しょうこうぐちさが》さなきゃ」

ぼくは手《て》を引《ひ》いて階段《かいだん》の方《ほう》へ行《い》こうとする。

「もういいから」

「よくないよ」

二人《ふたり》で引《ひ》っ張《ぱ》り合《あ》いみたいになった。

「じゃあ、ぼくが一人《ひとり》で探《さが》してくるから！」

「なんでノゾミくんがそこまですんの！」

「だってリリは、そのために来《き》たんじゃないか」

そのためっていうのは、今日《きょう》ここに来《き》たってことだけじゃなくて、人間《にんげん》の学校《がっこう》にっていう意味《いみ》だ。

「もういいの」

「どうして」

「お母《かあ》さんはもう、あたしのお母《かあ》さんじゃないから……」

「そんなこと……」

「いいんだ。ありがと」

リリは吹《ふ》っ切《き》れたみたいな笑顔《えがお》だった。

その顔《かお》を見《み》たら、ぼくもそれ以上《いじょう》強《つよ》くは言《い》えなかった。

あきらめて教室《きょうしつ》に戻《もど》ろうとしたとき、

「リリ」

とうしろから声《こえ》がした。

振《ふ》り向《む》いたら、少《すこ》し離《はな》れたところにリリのお母《かあ》さんが立《た》っていた。

ぼくは控《ひか》えめに会釈《えしゃく》した。

「ママ……」

リリが小《ちい》さく言《い》った。

ぼくは手《て》を離《はな》した。

リリは一歩一歩《いっぽいっぽ》と歩《ある》いていって、リリのお母《かあ》さんはそれを迎《むか》えるように両手《りょうて》を広《ひろ》げた。

そしてリリの手《て》を握《にぎ》って……たぶん何年《なんねん》かぶりの親子《おやこ》の会話《かいわ》を交《か》わして。

少《すこ》しのあいだ、リリがお母《かあ》さんと話《はな》しているのを眺《なが》めていた。

どんな話《はなし》かはわからない。

リリの笑顔《えがお》を見《み》ていたら、これでよかったんだと思《おも》った。

教室《きょうしつ》に戻《もど》ろうとして振《ふ》り向《む》いたら、ぼくのお母《かあ》さんが写生会《しゃせいかい》の絵《え》を見《み》ていた。

お母《かあ》さんはぼくの絵《え》を、ずっと見《み》つめていた。

近《ちか》づいていくと、ぼくに気《き》づいた。

「ノゾミ」

「お母《かあ》さん……ごめんなさい……」

怒《おこ》られるかと思《おも》ったけど、お母《かあ》さんはきょとんとして、

「なにが？」

「参観日《さんかんび》のプリント渡《わた》さなくて」

「忘《わす》れてたんでしょ？」

「まあ……」

忘《わす》れていたのにはちがいないんだけど。

「お仕事《しごと》は？」

「休《やす》んだよ」

「休《やす》んでいいの？」

「そんなことあんたが心配《しんぱい》しなくていいのよ」

「今日《きょう》が参観日《さんかんび》って知《し》ってたの？」

「ん？　メール来《き》てたよ」

「誰《だれ》から？」

「学校《がっこう》から」

「え、そんなシステムあるの？」

「あるよ。だから、なんか隠《かく》してもわかるんだからね」

お母《かあ》さんは笑《わら》った。

そしてもう一度《いちど》、ぼくの絵《え》を見《み》た。

「絵《え》、うまくなったね」

「そうでもないよ……」

照《て》れ隠《かく》しにそう言《い》ったけど、らくがき帳《ちょう》一冊分《いっさつぶん》うまくなったと自分《じぶん》でも思《おも》う。

「うまくなったよ。おばけの絵《え》ばっかり描《か》いてたのにね」

「おばけじゃなくて、妖怪《ようかい》だよ」

お母《かあ》さん、そこはやっぱりわかってない。

クラスの子《こ》がドアから顔出《かおだ》して「帰《かえ》りの会《かい》だよー」って声《こえ》をかけてくれた。

「戻《もど》らなきゃ」

「そうね」

「お母《かあ》さん」

「ん？」

「……来《き》てくれてありがとう」

ちょっと照《て》れくさかったけど、言《い》った。


お母《かあ》さんは父兄会《ふけいかい》に出《で》たので、帰《かえ》りは一人《ひとり》だった。

リリはたぶん、お母《かあ》さんと一緒《いっしょ》だと思《おも》う。

ぼくはまっすぐに神社《じんじゃ》へ行《い》った。

境内《けいだい》には誰《だれ》もいなかった。

そういえばポックルとも、リリのお母《かあ》さんの家《いえ》に行《い》って以来《いらい》、会《あ》ってないな。

ぼくは境内《けいだい》の隅《すみ》に座《すわ》って、リュックから新《あたら》しいらくがき帳《ちょう》を出《だ》した。

絵《え》を描《か》こうと思《おも》ったけど、なんか頭《あたま》の中《なか》をいろんなことがぐるぐるしてて集中《しゅうちゅう》できなくて、らくがき帳《ちょう》は閉《と》じたまま。

リリのお母《かあ》さんは本当《ほんとう》にもう、妖怪《ようかい》が見《み》えるようにはならないのかな。

ぼくも今《いま》はこうして、学校《がっこう》終《お》わってから妖怪《ようかい》に会《あ》いに来《き》てるけど、小学校卒業《しょうがっこうそつぎょう》して中学入《ちゅうがくはい》って、部活《ぶかつ》とかやりだしたら帰《かえ》りも遅《おそ》くなって、ここにも来《こ》なくなって妖怪《ようかい》たちに会《あ》わなくなって、そのうち彼《かれ》らのことを忘《わす》れて、見《み》えなくなってしまうんだろうか。

ポックルのことも、座敷《ざしき》おばさんのことも、一反《いったん》ビニールのことも……。

ぼくは絶対《ぜったい》に見《み》えなくならないって自信《じしん》がゆらゆらしていた。

だって、リリのお父《とう》さんと結婚《けっこん》して、リリが生《う》まれて、それでも見《み》えなくなっちゃうんだよ？

ぼくは、信《しん》じ続《つづ》けることができるかな……。

「絵《え》、やめたの？」

驚《おどろ》いて顔《かお》を上《あ》げると、トミジーだった。

「なんだ、びっくりするじゃないかー」

「そんなにびっくりすることないだろうよ」

「音《おと》もなく近《ちか》づいてくるんだもん」

「今日《きょう》は、描《か》かないの、妖怪《ようかい》」

「今日《きょう》は妖怪《ようかい》、いないんだよ」

「そうか。いないんじゃしかたないな」

そう言《い》うとトミジーはぼくの隣《となり》に腰掛《こしか》けた。

だからって別《べつ》になにか話《はな》すわけでもなくて、二人《ふたり》でただぼーっとしていた。

「あの」

ぼくのほうから話《はな》しかけた。

「なに?」

「妖怪《ようかい》見《み》えなくなったのいつ頃《ごろ》?」

「さあ……どうだったかなあ」

「ぼく、妖怪《ようかい》が見《み》えなくなった人《ひと》に会《あ》ったんだ。その人《ひと》は、もう妖怪《ようかい》が見《み》えることはないみたいに言《い》うんだ」

「そうだろうな」

「どうして? 信《しん》じていればいくつになっても妖怪《ようかい》は見《み》えるって水野先生《みずのせんせい》が言《い》ってたよ?」

「いずれ、きみにもわかる日《ひ》が来《く》るさ」

「妖怪《ようかい》は、信《しん》じ続《つづ》ければいつまでも見《み》えるんだよ。もう一回《いっかい》、本気《ほんき》で信《しん》じれば見《み》えるんじゃないかな」

「俺《おれ》はもう無理《むり》だな。見《み》えなくなって、何十年《なんじゅうねん》も過《す》ぎちゃったからな」

「もう一回信《いっかいしん》じてみてよ」

「信《しん》じるってもなあ、どうせ今《いま》はここにいないんだろ妖怪《ようかい》」

「いたら信《しん》じる?」

「いれば、な」

「待《ま》ってて。ぼくが戻《もど》ってくるまで、ここにいてよ？　いい？」

「いいけど、なによ？」

「ぼくね、座敷童子《ざしきわらし》に会《あ》ったんだよ。すぐそこの、山《やま》の上《うえ》の家《いえ》に住《す》んでるんだよ。今《いま》連《つ》れてくるから！」

「おいおい……」

「いいから、待《ま》っててね！　絶対《ぜったい》だよ！」

ぼくは走《はし》った。

トミジーなら、座敷《ざしき》おばさんのことが見《み》えるかもしれない。

トミジーにまた見《み》えるようになるなら、リリのお母《かあ》さんだって見《み》えるようになるかもしれない。

リリがまた親子三人《おやこさんにん》で暮《く》らせるようになるかもしれない。

ぼくはリリの家《いえ》に飛《と》び込《こ》むように玄関《げんかん》を開《あ》けて、

「おばさん！　おばさん！」

座敷《ざしき》おばさんはちょうど再放送《さいほうそう》のドラマかなんか見《み》ながらお茶《ちゃ》してたので、その手《て》を引《ひ》っ張《ぱ》って半《なか》ば無理《むり》やり連《つ》れ出《だ》した。

「なによ、どうしたのよ」

座敷《ざしき》おばさんはお茶《ちゃ》うけのどら焼《や》きをもぐもぐしながら、巨体《きょたい》を揺《ゆ》らしバタバタと走《はし》る。

「トミジーが、もう一回信《いっかいしん》じてみるって」

「トミジー？」

「こないだ話《はな》したじゃん、よく神社《じんじゃ》に来《く》るおじいさん」

「富次《とみじ》？」

「そう、トミジー。妖怪《ようかい》を、もう一回《いっかい》、信《しん》じるって！」

ぼくも座敷《ざしき》おばさんもぜいぜい言《い》って走《はし》って、境内《けいだい》についたときには膝《ひざ》ががくがくして地面《じめん》に手《て》をつくくらい。

「どうした、そんなに急《いそ》いで走《はし》ってきて、大丈夫《だいじょうぶ》か？」

トミジーはぼくに寄《よ》ってきたけど、そんなことより今《いま》は、

「そこに、その縁石《えんせき》の上《うえ》に、座敷童子《ざしきわらし》だった妖怪《ようかい》が、今《いま》、座《すわ》ってるから」

「ここに……？」

息《いき》を切《き》らしながらぼくは、縁石《えんせき》の上《うえ》でぼくより激《はげ》しく息《いき》をしている座敷《ざしき》おばさんを指差《ゆびさ》した。

「うん」

「なにもないけど……」

「そんなことないから。信《しん》じて。見《み》えてたときのことを思《おも》い出《だ》して」

「んなこと言《い》われても……」

「座敷童子《ざしきわらし》……だった妖怪《ようかい》が、今前《いままえ》にいるんだよ」

「前《まえ》に……？」

「うん。いるよ。昔《むかし》とはちょっと、ていうかだいぶ見《み》た目変《めか》わっちゃってるかもしれないけど、いるんだよ、ここに」

トミジーは目《め》を細《ほそ》めたり見開《みひら》いたりして一生懸命《いっしょうけんめい》に座敷《ざしき》おばさんを見《み》ようとしているみたいだった。やがて、首《くび》を横《よこ》に振《ふ》った。

「だめだ。やっぱ見《み》えんわ」

「あきらめ早《はや》いよ……」

「すっかり目《め》が悪《わる》くなってなあ……」

「そういうのって逆《ぎゃく》に心《こころ》の目《め》とかで見《み》えたりするんじゃないの？」

「そんな都合《つごう》のいいもんあるわけないだろ。なにが心《こころ》の目《め》だよ。そんなんで物《もの》が見《み》えたら苦労《くろう》せんわ」

「スマホばっか見《み》てるからだろ」

「こんガキャ。生意気《なまいき》なんだよ。このご時世《じせい》スマホなしじゃ生《い》きていけんわ」

「もう一回《いっかい》、ちゃんと見《み》て」

ぼくは食《く》い下《さ》がったけど、トミジーはもうあきらめたみたいで、なにもない（ように彼《かれ》には見《み》えてる）縁石《えんせき》の上《うえ》のあたりに、ふわふわと視線《しせん》をさまよわせるだけだった。

「もういいわよノゾミくん」

座敷《ざしき》おばさんが縁石《えんせき》から立《た》ち上《あ》がった。

「でも……」

「一度《いちど》見《み》えなくなってしまうとね……なかなか見《み》えないもんなのよ」

「おばさん……」

「あたしも富次《とみじ》に久《ひさ》しぶりに会《あ》えてよかったわよ」

「もう会《あ》えないかもしんないんだよ？　トミジーだってもう長《なが》くないよ？」

「今《いま》なんつった？」

トミジーがすかさず突《つ》っ込《こ》んでくる。

「あああごめんなさい。そんな意味《いみ》じゃ。でも今会《いまあ》っておかないと、老《お》い先短《さきみじか》……」

「ちがうちがう！　今《いま》、俺《おれ》のことトミジーって言《い》ったか？」

「あ、それはその、ごめんなさい」

「なんで俺《おれ》の名前《なまえ》知《し》ってた？」

「あれ？　ＬＩＮＥ《ライン》交換《こうかん》」

「してないだろ、いいって断《ことわ》ったろきみ」

「あ、そうだ、座敷《ざしき》おばさんが、おじいさんの名前《なまえ》が富次《とみじ》って教《おし》えてくれたから」

「マジで!?」

「ごめんなさい。だからぼく、おじいさんのこと陰《かげ》でトミジーって勝手《かって》に呼《よ》んでましたすいません」

「じゃあ、ほんとに妖怪《ようかい》が見《み》え……ていうか話《はなし》ができるのか……？」

「え、その話《はなし》もうだいぶ前《まえ》にしてませんでした？」

「したけど、ぶっちゃけ信《しん》じてなかったわ……」

「ええええー、じゃあ妖怪《ようかい》見《み》えるとかいう話《はなし》も、ぼくの描《か》いてた絵《え》もみんな信《しん》じてなかったってこと？」

「いやそういうわけじゃ、でも、てっきり妄想癖《もうそうへき》の、いやまさかほんとに妖怪《ようかい》が見《み》えてるとか思《おも》わないじゃん！」

「まじかよジジイ！」

「すまんすまん」

「だって、トミジーだって見《み》えてたんでしょ昔《むかし》は！」

「俺《おれ》の妄想《もうそう》だと思《おも》ってたよ……。だって何十年《なんじゅうねん》も昔《むかし》の話《はなし》なんだよ、想像《そうぞう》してたことが本当《ほんとう》のことのように思《おも》えたり、実際《じっさい》にあったことが夢《ゆめ》だったんじゃないかって思《おも》えたりさ、歳取《としと》るとあるんだよそういうことが。子供《こども》の頃《ころ》のことなんてうろ覚《おぼ》えでさ、どれが本当《ほんとう》でどれが想像《そうぞう》だったかも曖昧《あいまい》で、でも確《たし》かに、座敷童子《ざしきわらし》がいて、一緒《いっしょ》に遊《あそ》んだ記憶《きおく》はあるけど、そんなものとっくの昔《むかし》に……」

　トミジーが不意《ふい》に、ある一点《いってん》を見《み》て、動《うご》かなくなってしまった。

　死《し》んじゃった？　って思《おも》うくらい口《くち》を半開《はんびら》きで、でも眼《め》は全開《ぜんかい》で、あまりに開《ひら》きすぎてるから白目《しろめ》が血走《ちばし》ってる……。

「……あたし、わかる？」

座敷《ざしき》おばさんが言《い》った。

ぼくはトミジーがゆっくりと頷《うなず》くのを見《み》た。

トミジーは口《くち》をぷるぷる震《ふる》わせて、涙《なみだ》の代《か》わりによだれを一筋《ひとすじ》流《なが》しながら、何度《なんど》も頷《うなず》いた。

そしてずるっ、とよだれをすすると、

「すっかり変《か》わっちまっておめぇ……」

と、目《め》を細《ほそ》めた。

「あんただっていい加減《かげん》しわくちゃのジジイじゃないのよ」

座敷《ざしき》おばさんは笑《わら》いながら、トミジーの細《ほそ》い肩《かた》をぽん、と叩《たた》いた。

「……いろいろあったんだよ。あれから、いろいろ……」

トミジーは何十年《なんじゅうねん》か分《ぶん》のいろいろを、いろいろという一言《ひとこと》で言《い》うしかなくて、座敷《ざしき》おばさんはそのいろいろという一言《ひとこと》でこれまでのトミジーのいろいろを、納得《なっとく》したみたいに何度《なんど》も肩《かた》をぽんぽんした。

二人《ふたり》はならんで縁石《えんせき》に座《すわ》って、昔話《むかしばなし》をしてた。

ぼくは二人《ふたり》からそっと離《はな》れて、石段《いしだん》から町《まち》を見下《みお》ろした。

ちょうど、リリが歩《ある》いてくるのが見《み》えた。

リリはぼくに気《き》づいて手《て》を振《ふ》った。

ぼくも手《て》を振《ふ》り返《かえ》した。

リリは階段《かいだん》を一気《いっき》に駆《か》け上《あ》がってきた。

「お母《かあ》さんは？」

「帰《かえ》ったよ」

「そう」

「ノゾミくんにありがとうって言《い》ってたよ。お母《かあ》さんのとこ、行《い》ってくれたんでしょ？」

「お母《かあ》さん、そう言《い》ってた？」

「ううん。昨日《きのう》ノゾミくんが学校《がっこう》行《い》こうって、言《い》いに来《き》てくれたじゃん？　あんまり一生懸命《いっしょうけんめい》だったからさ、もしかしたら、って思《おも》ったの。ポックル問《と》い詰《つ》めたらね、ノゾミくんがお母《かあ》さんに会《あ》いに行《い》ってくれたって」

「ポックル……なんて口《くち》の軽《かる》いやつ……」

それで今日《きょう》も姿《すがた》が見《み》えないのかな？

「ポックルを責《せ》めないであげて。あたしがちょっときつく聞《き》いたからだから」

いったいどんな聞《き》き方《かた》したんだろう……。

「リリのお母《かあ》さん、今日《きょう》来《こ》られるかどうかわかんなかったんだよ。だからリリには内緒《ないしょ》にしてって」

「でも、来《き》てくれた」

「うん、うん」

「お母《かあ》さんね、今日《きょう》は早《はや》く帰《かえ》らないといけないいんだけど、今度《こんど》ゆっくり遊《あそ》びに来《く》るって」

「そうだよね。よかったよね」

「うん。ありがとう。ノゾミくんのおかげ」

リリがお母《かあ》さんと話《はな》す前《まえ》の浮《う》かない顔《かお》とは正反対《せいはんたい》の、晴《は》れたような笑顔《えがお》だった。

それが今自分《いまじぶん》に向《む》けられてるのが照《て》れくさい。

「あのね、今度《こんど》ね、お母《かあ》さんと、ディズニーランド行《い》く約束《やくそく》したの！」

「いいなぁディズニーいいなぁー」

「ノゾミくんは連《つ》れて行《い》かないよ、ママと二人《ふたり》で行《い》くんだから」

「あ、やっぱりママって呼《よ》んでるんだ」

「あっ、もうー、いいじゃない、小《ちい》さい頃《ころ》は言《い》ってたの、ママって」

リリは顔《かお》を真《ま》っ赤《か》にしてぼくの二《に》の腕《うで》をパンパン叩《たた》いた。

ぼくはその様子《ようす》がおかしくて笑《わら》い、リリも笑《わら》う。

「あれ？　あのおじいさん、どうしたの？　泣《な》いてない？」

リリがトミジーを見《み》つけて首《くび》をかしげた。

「ああ、あのね、あれはね……」

ぼくは、トミジーのことを早《はや》く話《はな》したくて、リリの手《て》を引《ひ》いて彼《かれ》のもとへ駆《か》け出《だ》した。

PHPジュニアノベル　い-1-1

●著／石沢克宜@滝音子（いしざわ・かつよしあっとたきおんこ）
小説家。脚本家。小説『ココロ』シリーズをはじめ、『未来景イノセンス』『ボカロは衰退しました？』『さちさちにしてあげる』など著書多数。ある日なんの前振りもなくバーチャルYouTuber小説家、滝音子として活動を開始。

●イラスト／shimano（シマノ）
神奈川県在住。イラストレーター。書籍の装画や挿絵など幅広くイラストを手がける。主な挿画に『僕が愛したすべての君へ』『君を愛したひとりの僕へ』『一番線に謎が到着します 若き鉄道員・夏目壮太の日常』『この世で最後のデートをきみと』『星に願いを、君に祈りと傷を』などがある。

●デザイン
株式会社サンプラント
東郷猛

●組版
株式会社RUHIA

●プロデュース
伊丹祐喜（PHP研究所）

クラスメイトはあやかしの娘《むすめ》

2018年10月9日　第1版第1刷発行

著　者　石沢克宜@滝音子
イラスト　shimano
発行者　瀬津　要
発行所　株式会社PHP研究所
東京本部　〒135-8137 江東区豊洲5-6-52
児童書出版部　TEL 03-3520-9635（編集）
児童書普及部　TEL 03-3520-9634（販売）
京都本部　〒601-8411 京都市南区西九条北ノ内町11
PHP INTERFACE　https://www.php.co.jp/
印刷所・製本所　図書印刷株式会社

 ISBN978-4-569-78807-4

NDC913　239P　18cm